L’amour en cadeau

Stéphanie Esnault

L'amour en cadeau

Roman

LE LYS BLEU
ÉDITIONS

ISBN : 979-10-422-2363-2

« C'est l'histoire d'une jeune femme qui a beaucoup de rêves et d'ambitions professionnelles. Elle vit dans une grande ville avec l'homme de ses rêves, mais un soir, tout chavire. Pour oublier ses déceptions, elle part pour Noël retrouver sa famille et sa ville natale. »

Notre jeune Mendie ne peut résister à l'appel de la magie de Noël, notamment après l'arrivée d'une famille au ranch familial. Va-t-elle finir par succomber et rejoindre les bras de cet homme qui a pour habitude de la sauver ?

Dans les histoires de Noël, on connaît toujours la fin, elles se finissent toujours dans la joie et la bonne humeur. Une histoire de Noël nous fait toujours rêver, c'est un refuge pour nous, même si cela n'est pas réel.

1
Le fantasme rêvé

C'est bientôt Noël, nous sommes au début du mois de décembre, très précisément le sept décembre deux mille vingt. Pendant ces quelques semaines de fin d'année, toute la planète s'empare de cette euphorie pour émerveiller nos yeux. Nous qui la peuplons, que nous soyons adultes ou bien enfants. Autour des animations, des festivités, des décorations, du choix de l'organisation des fêtes de fin d'année, des concours des plus belles vitrines attractives de Noël, la ville instaure aussi d'autres traditions ancestrales, dont la tradition du sapin, du marché de Noël. Cela permet de les rendre plus attractives.

La grande ville de New York resplendissait de mille feux avec toutes ses décorations, ses vitrines d'automates et toute cette joie de vivre des enfants tirant sur le bras des parents pour qu'ils aillent voir les cadeaux qu'ils avaient commandés dans leur lettre pour le père Noël, ainsi que le choix de leur sapin où des vendeurs étaient installés à la plupart des recoins de la ville. Parmi ces promeneurs se trouvait au milieu des rues une jeune femme aux longs cheveux noirs, cachée par un bonnet blanc en laine. Elle avait un visage fin et bien dessiné, la peau claire, très claire, et des yeux d'un bleu azur. Elle était svelte, habillée d'un pull à col roulé de couleur blanche, assorti à son bonnet, et d'une jupe à boutons de couleur noire qui arrivait au-dessus de ses cuisses. Elle portait également de très grandes bottes noires à talons, ce qui lui donnait l'air d'être plus grande, car son seul petit défaut est qu'elle n'était pas très grande ; effectivement, elle ne mesurait qu'un mètre soixante-dix. Elle portait également une cape bleue par-dessus, ainsi que des gants également de couleur bleue.

Alors qu'elle traversait les rues enneigées, elle essayait avec beaucoup de mal de se frayer un chemin parmi cette foule qui avançait machinalement comme des robots. Ceux-ci n'avaient qu'un but dans la vie, se lever, aller au travail et se coucher, et pour eux cela était vital. Alors qu'elle prenait son temps de vivre, elle contemplait cette rapidité de la vie de ces personnes quand elle entendit son téléphone sonner. Elle le chercha dans son sac et décrocha :

« Allô ? Mendie », dit une voix d'homme à l'autre bout du téléphone.

« Bonjour, papa chéri ! » dit Mendie avec une voix limpide, calme, posée et douce.

« Comment vas-tu ? J'ai essayé de t'appeler tout à l'heure, mais avec le décalage horaire, j'ai oublié que tu étais en plein rush avec le restaurant. »

« Il n'y a pas de soucis, ma puce. Oui, effectivement, c'était la folie au restaurant ce midi, avec notre petite Fanny, on vient juste de finir. »

« Oh, embrasse très fort ma Fanny pour moi. »

« Pas de soucis ! D'ailleurs, que voulais-tu me dire d'aussi important pour oublier que c'était l'heure du service chez nous ? Et on va dire que tu as passé plus d'un appel, j'en ai eu au moins une dizaine. »

« Euh, tu exagères ! Je t'ai appelé au moins en tout et pour tout six fois ! Tu es de mauvaise langue, mon cher papa », dit-elle en riant.

« D'accord, ma puce, alors dis-nous ce qui se passe ! »

« Alors voilà, je pense que Luc va enfin franchir le pas ! »

« Comment ça ? dit-il, étonné, Luc va te faire sa demande ? Attends, je mets le haut-parleur, Fanny et Mike veulent entendre. »

Il mit le haut-parleur et posa son téléphone sur le bar devant eux ; ils étaient tous trois avec un café dans les mains.

« C'est bon, ma puce, tu peux parler, on t'écoute avec nos six oreilles et on est également assis, raconte-nous tout. »

« Voilà, ça s'est passé ce matin, il m'a téléphoné, il était de retour de son voyage. Il était parti plus de trois semaines pour faire des shootings photo pour une publicité. Il se plaignait du mannequin qui posait pour la campagne publicitaire ; elle était très compliquée, capricieuse, mais très intéressante comme femme. Mais, au bout du compte, ils avaient réussi à finir à temps. À un moment, il avait peur de ne pas rentrer à temps pour préparer Noël avec moi, a-t-il dit, et j'avoue que, moi aussi, passé notre sixième Noël seule et loin l'un de l'autre, ça aurait été complètement nul. »

« Mendie, crièrent les voix à l'autre bout du fil, viens-en au fait ! Pourquoi tu penses qu'il va te faire sa demande ? On attend, dirent-ils, tous super excités. »

« Ah ! Oui, excusez-moi ! J'avais perdu le fil, comme souvent. Ainsi voilà, il m'a demandé si j'étais prise ce soir, si j'avais prévu quelque chose, alors je lui ai dit non, pourquoi ? Alors, il m'a dit : "Je viens te chercher ce soir, on va dîner ensemble, habille-toi avec une tenue magnifique, chic, je t'emmène chez Roberto." Vous imaginez ? »

« Euh non… » dirent-ils tous simultanément avec un air hagard.

« Vous n'êtes vraiment pas de New York, vous trois, dit-elle en soupirant, on dirait que vous venez d'une ville perdue dans les montagnes. »

« Ben, effectivement, ma chère, nous sommes au milieu des montagnes, répondit Fanny en riant très fort. Nous n'avons pas tous envie de vivre dans la grande civilisation, avec la pollution, les personnes qui se marchent dessus ; nous sommes très bien dans notre petit village de Bleu Vallée avec nos petits commerces, notre très beau ranch, nos chalets, et le seul et unique restaurant chez Jack que ton père tient. Donc, nous sommes mieux ici chez nous et la nourriture ici est la même qu'à New York, mais bon, raconte. »

« Tu sais, Fanny, je suis fière d'être une fille de Bleu Vallée et je suis fière d'être la fille du plus grand chef du monde et qu'il se trouve qu'il est dans notre modeste ville que j'affectionne tendrement. Bon, je continue. Donc, chez Roberto, c'est le restaurant cinq étoiles où tout le monde va pour les demandes en mariage, où les célébrités vont pour manger, vous imaginez ? Après, il a donc dit, et je cite : “je vais te poser une question qui va changer notre vie”. Donc, je pense, et je suis sûr que c’est pour sa demande qu’il m’emmène dans ce grand restaurant ; je ne vois rien d’autre pour qu’il m’invite dans ce lieu magnifique. Nous venons d’emménager ensemble, donc je pense que c’est la prochaine étape, enfin, j’espère… N’est-ce pas, papa ? Oh mon Dieu, je serai la plus heureuse, un photographe de renommée et une très grande peintre. En plus, si tout se passe bien, je vais être exposée dans la plus grande galerie de New York. Normalement, mon agent Sophie doit me recontacter dans la journée. C’est vraiment le plus beau Noël pour moi depuis six ans, sauf ceux que je passais auprès de vous à la maison… J’ai tout juste vingt-six ans et mes rêves vont bientôt se réaliser, je suis trop heureuse », dit-elle sur un ton euphorique.

« On est très fiers de toi et très heureux aussi, ma petite Mendie ! Tiens-nous au courant, on te fait de très gros bisous, on t’aime très fort ! Et essaie de venir passer un peu de temps avec Luc, tu nous manques beaucoup… » dit son père avec des sanglots de joie dans la voix.

« Moi aussi, je vous fais des millions de bisous à vous trois, je vous aime », dit-elle en raccrochant.

Mendie se dirigea vers une boutique où elle avait repéré quelques jours auparavant une magnifique robe de soirée sobre, légère, mais idéale pour ce soir, de couleur noire avec une pochette qui était assortie à la robe. À sa sortie du magasin, elle décida de se rendre chez le coiffeur. Il la connaît très bien, il sait quel style de coiffure elle aime, discrète. Il lui demanda si elle voulait une manucure en même temps, ce qu’elle accepta avec un grand sourire. Quand elle sortit du salon, il l’avait rendue d’une beauté resplendissante, et pour elle, lorsque Luc la verra, elle sera tellement renversante qu’il ne saura que dire. Il en perdra ses mots.

La journée passa très lentement, mais extrêmement pour elle. Arriva l’heure de prendre la direction du restaurant. Luc avait appelé il y a plus de trois heures pour lui dire qu’il l’attendrait au restaurant et qu'il ne pouvait venir la chercher. Finalement, elle ira à son rendez-vous en taxi. Elle était malgré tout super contente, elle pensait et repensait à comment et à quel moment Luc allait faire sa demande.

Alors qu'un coup de klaxon la ramena à la réalité. C'était le taxi qu'elle avait commandé quelques minutes avant de se préparer. Elle sortit de la maison, ferma la porte d'entrée derrière elle, courut vers le taxi, s'abaissa sur la vitre passagère entrouverte et dit d'une voix douce :

« Bonsoir monsieur, vous êtes le chauffeur que j'ai commandé pour m'emmener au restaurant chez Roberto 5 th Avenue ? »

« Oui, mademoiselle, c'est bien moi, Pierre, pour vous servir. Êtes-vous prête ? » dit-il en lui tenant la portière du taxi.

« Oui, je suis Mendie ! » Elle monta à l'arrière de la voiture, s'installa sur la banquette, retira sa veste et son écharpe.

« Excusez-moi, monsieur, vous savez si la route est longue pour s'y rendre, car je n'ai jamais quitté New City à part pour aller à Bleu Vallée dans ma famille ? »

« Oui, mademoiselle, il y a presque une heure trente de trajets, si tout va bien. Parce qu'avec les heures de pointe et les embouteillages, on mettra un peu plus de temps. Si vous voulez, appelez-moi Pierre, nous pouvons discuter, mes clients aiment bien parler le temps de leur long trajet. »

« Oh oui, ça ne me dérange pas ! Et elle commença la conversation avec Pierre, elle lui raconta la merveilleuse soirée qui l'attendait. Le trajet paraissait plus simple et rapide pour l'un comme pour l'autre. Quand il la déposa devant le restaurant, un portier lui ouvrit la portière. »

« Bonne soirée, Mendie, et toutes mes félicitations, je penserai fort à vous. »

« Merci beaucoup, Pierre, et je vous dis bonne chance pour votre entreprise ! Vous êtes une personne admirable et avoir un chauffeur aussi gentil et à l'écoute, c'est très rare. Passez un très bon Noël en lui tendant une liasse de billets. Il y a le prix de la course et votre pourboire », dit-elle en descendant et en lui tendant l'argent.

« Mais cela est beaucoup trop ! »

Mais, Mendie avait déjà quitté le taxi et des klaxons retentissaient derrière lui ; il quitta donc la place réservée au taxi et disparut dans les rues étroites de New York.

2
Doubles déceptions

Mendie se rhabilla très vite, car il faisait très froid et la neige s'était remise à tomber à gros flocons et le vent glacial s'était levé. Aidée par le portier pour éviter qu'elle ne tombe avec ses chaussures à talons hauts, certes, elle était magnifique, mais porter des talons hauts avec les trottoirs gelés n'était pas une très bonne idée. Cependant, avec des bottes en caoutchouc, cela l'aurait rendue beaucoup moins séduisante. Elle franchit l'imposante porte, à l'entrée du hall du restaurant. Au premier regard, tout était magnifique : une fois passées les grandes portes, ses yeux ne pouvaient qu'admirer la beauté du lieu. Juste à sa droite trônait un père Noël géant avec une dizaine de lutins, des cadeaux et deux rênes : ils étaient tous automatiques. De l'autre côté se trouvait un grand sapin décoré de mille et une guirlandes et de boules. Il y avait aussi une patinoire avec des automates représentant des personnages qui patinaient.

Alors qu'elle était émerveillée par ce qu'elle voyait, elle avait oublié un moment pourquoi elle était là. Puis s'approcha une jeune femme habillée en tailleur noir, avec une étiquette sur sa veste portant son prénom : elle était très jolie. C'était une jeune femme qui avait à peine la trentaine, elle était rousse, cheveux ondulés aux yeux d'amande et quelques taches de rousseur sur les joues. La jeune femme dit d'une voix douce et aimable.

« Bonsoir mademoiselle, avez-vous réservé ? »

« Eux, moi non, dit Mendie d'une voix embarrassée. Pardon, mais ce n'est pas moi qui ai réservé, c'est mon petit ami ; la réservation est à son nom. »

« Dites-moi son nom, mademoiselle, je vois s'il est déjà arrivé et je vous conduis à sa table. »

« Ah oui, bien sûr, son nom est Luc Stone. »

« Oui, mademoiselle, effectivement, nous avons une réservation au nom de M. Stone. Vous avez la table numéro treize. »

« La treize, il n'est pas possible d'avoir une autre table… »

« Pourquoi, elle ne vous convient pas ? »

« C'est un chiffre qui ne m'aide pas du tout… Le treize n'est pas un bon chiffre pour moi… » dit Mendie d'une voix angoissée.

« Ce n'est pas que je ne veux pas, mais le restaurant est plein ce soir et, en plus, M. Stone, quand il vient dîner habituellement, il prend toujours cette table. Elle est discrète et c'est ce qu'il recherche dans notre restaurant. »

« Ah bon ? Il a une table ? C'est bizarre, comment se fait-il qu'il ait une table dans ce restaurant alors qu'il m'a dit n'y avoir jamais mangé… » se dit-elle tout en suivant la jeune femme.

« Vous êtes arrivée, mademoiselle ! » dit la serveuse en montrant de la main la table.

Luc était déjà arrivé, il s'était levé en la voyant et il avait le sourire.

« Merci, mademoiselle. »

Il s'approcha d'elle et l'embrassa, il l'aida à s'asseoir, la serveuse leur tendit la carte et dit :

« Monsieur, Mademoiselle, voici la carte. Dans quelques minutes, un serveur va passer prendre votre commande. Je vous souhaite une très bonne soirée ! » dit la serveuse en faisant un clin d'œil discret à Luc.

« Merci beaucoup », répondit Luc en la regardant avec un petit sourire en coin de bouche.

« Pas de soucis, Luc, enfin M. Stone », dit-elle en s'éloignant.

« Tu sembles pensif, ma chérie, que se passe-t-il ? »

« Je... Enfin, la serveuse m'a dit que c'était ta table habituelle et que tu venais assez souvent... Alors que tu m'avais dit que tu ne connaissais pas cet endroit, que tu allais le découvrir en même temps que moi... »

« Oui, c'est vrai, ma chérie, excuse-moi de t'avoir menti. Je ne voulais pas que tu te poses des questions. Je viens ici chaque fois pour mes contrats avec mes clients, c'est un très bon restaurant et pour le prix des contrats. Il vaut mieux être dans un vrai lieu calme et sérieux. Ça répond à tes questions ? »

« Oui, enfin tu sais, il est réputé plus pour sa discrétion, ce restaurant, pour les rendez-vous intimes que pour le travail... Mais bon, passons ! En revanche, la serveuse, la rousse de l'accueil, te connaît. J'ai remarqué qu'elle t'avait appelé par ton prénom, et quand je lui ai dit ton nom, elle a fait une tête bizarre et j'ai bien remarqué son clin d'œil à peine discret, à part si, pour elle, il l'était. Et toi, ton sourire charmeur en coin de bouche, tu comptes me dire la vérité ou tu restes à ce niveau ? »

« Mais c'est normal, voyons, tu imagines quoi ? Au bout d'un moment, les serveurs me connaissent, comme les clients qui viennent souvent, tu ne crois pas ? C'est comme quand tu vas chez le coiffeur ou dans une supérette », dit-il avec un sourire un peu pincé.

« Oui, tu as sans doute raison... Excuse-moi de t'avoir mis mal à l'aise. »

« Bonsoir, Mademoiselle, Monsieur, vous avez choisi ? Désirez-vous un apéritif ? » demanda un serveur.

« Oui, apportez-moi une bouteille de votre meilleur champagne, du Dom Pérignon, s'il vous plaît. »

« Bien sûr, Monsieur, je reviens tout de suite avec votre commande. »

Le temps que le serveur revienne, ils continuaient de parler. Mendie était encore un peu gênée d'avoir eu des doutes et des soupçons envers Luc, mais il semblait avoir oublié le petit incident qui venait de se produire quelques minutes auparavant. Le serveur revient avec le champagne, il ouvre la bouteille et dit :

« Puis-je vous servir, monsieur ? »

« Oui, bien sûr », répondit aussitôt Luc avec une voix qui était un peu gênée et autoritaire.

Après quelques minutes, alors que Mendie tournait son verre de vin dans ses mains et que Luc continuait de raconter ses trois dernières semaines, elle écoutait sans rien dire, le regardant avec des yeux vides et hochant parfois la tête, tout en essayant d'accepter les explications de Luc. Mais, pour tous, ce restaurant était plus pour les couples ou les célébrités, mais pas pour le travail, personne n'y venait pour affaire, rien qu'à voir le cadre, l'ambiance, la musique. Encore plongé dans ses pensées, le serveur revint avec un bloc-notes et demanda :

« Désirez-vous une entrée ? »

« Oui. Moi, ce sera une dizaine d'escargots, et pour toi, ma douce ? » dit-il en la regardant avec un peu d'inquiétude.

« Pardon… Désolée, Monsieur. Oui, je voudrais des crevettes au curry, j'adore quand mon père me les fait, finalement ça me fera penser à lui pour cette soirée. »

« C'est un très bon choix, j'envoie votre commande et je reviens dès que tout est prêt. »

« Merci, Monsieur », dit Mendie en lui souriant.

Alors qu'elle tournait son regard vers Luc, il recommença à prendre la parole avec un ton plus serein, plus décontracté :

« Ma chérie, ma Mendie ! Cela fait presque six ans que nous sommes ensemble, je compte les mois, les jours, les heures, les minutes même, depuis notre rencontre… » lui confia-t-il tout en lui tenant les deux mains dans les siennes.

« Oui, mon chéri, je sais ! Le vingt-quatre décembre, donc la veille de Noël, ça fera six ans de pur bonheur avec toi », reprit-elle avec un sourire un peu coincé.

« Merci de me le faire remarquer ! Pour moi aussi, c'était un pur bonheur, donc voilà… Ne m'interromps pas, sinon je ne vais pas réussir à te dire ce que… Rebecca ? »

« Quoi ? Tu connais cette femme ? » demanda Mendie, étonnée, en regardant derrière elle.

« Euh… Non ! répondit Luc. Attends, je… euh… écoute… ! »

« Mon chéri, excuse-moi », dit la jeune femme, alors que Luc bougeait dans tous les sens sur sa chaise.

« Écoute, Rebecca… » dit-il en posant sa serviette sur la table et en se levant. Il commença à la prendre par le bras, à la regarder et lui dit d'une voix stricte :

« Rebecca, tu ne peux pas rester, tu dois partir. »

« Attends mon chéri, tu as oublié ça sur la table de nuit ce matin », dit-elle tout en tendant un objet noir à Luc.

Elle regarda Mendie avec un sourire radieux et lui dit :

« Excusez-moi, mais mon chéri a oublié son portefeuille ce matin en me quittant. Il m'a dit qu'il voyait une future cliente ce soir chez Roberto. C'est le restaurant où nous venons tous les ans pour notre anniversaire. La dernière fois qu'on a mangé ici, c'est quand on a appris que nous attendions un garçon ! Au fait, je suis Rebecca, la copine de Luc depuis plus de cinq ans. Nous sommes tous deux aux anges depuis cette nouvelle lundi dernier et, avec Luc, on a enfin acheté tout pour le bébé ; il avait pris des jours de congés pour m'aider à tout préparer. C'est un vrai et futur papa poule ! Oh, excusez-moi ! Ça va ? Vous êtes toute pâle d'un seul coup ? Vous ne faites pas une indigestion ? Mademoiselle ! » dit-elle en regardant Mendie se désintégrer.

Rebecca tenait Luc par le bras, Mendie était encore assise. Elle se leva avec beaucoup de mal, attrapa son sac à main qui se trouvait sur la table et essayait de se diriger vers la sortie en essayant de retenir ses larmes. Sur le passage, elle se cogna sur une des tables voisines, en s'excusant maladroitement. Quant à Luc, il installa Rebecca à sa place et lui dit d'une voix ferme et autoritaire :

« Reste là jusqu'à ce que je vienne te chercher, tu m'as bien entendu ? »

« Oui, mon chéri, je suis désolée de t'avoir mis dans l'embarras. »

Luc se précipita derrière Mendie dans le hall ; elle était appuyée au comptoir de l'hôtesse d'accueil. C'était la jeune femme qui l'avait reçue au début de la soirée. Elle lui avait demandé un taxi, toute tremblante, déboussolée, serrant les dents et son sac pour que personne ne voie sa détresse.

« Mademoiselle, un taxi sera là dans moins d'un quart d'heure, est-ce que c'est bon pour vous ? » demanda-t-elle, gênée de la revoir ainsi alors qu'elle était heureuse en début de soirée.

« Oui, c'est bon, je peux attendre, du moment que je quitte ce restaurant de misère et cette ambiance de mélasse, en restant polie ! Vous devez bien vous marrer ? J'avais compris votre petit manège tout à l'heure : vous étiez aussi avec lui, est-ce juste ? Avec ses paroles toutes mielleuses, il fait rêver et tout oublier, n'est-ce pas ? »

« Je suis désolée, mademoiselle, je ne peux pas… »

« Mendie ! Attends, je vais t'expliquer ! » dit-il en lui attrapant le bras.

« Ne me touche surtout pas », dit-elle en dégageant sa main sur elle.

« Rien que de te sentir ou même de te voir me donne la nausée ! Retourne voir celle qui devrait être avec toi ce soir, dégage de ma vie, espèce de microbe. »

« Écoute, ma chérie, tu ne vas pas faire de scandale en public ! Nous allons rentrer et régler ça entre personnes civilisées. »

« Tu as perdu ton droit de me donner des ordres, de me toucher, de m'appeler ma chérie, donc maintenant, pour ton ordre de ne pas faire de scandale en public, je voulais partir sans faire d'esclandre, mais là, tu m'as donné envie de faire un vrai scandale ! »

Sur ces mots, elle se dirigea vers la salle du restaurant avec plus de détermination qu'elle pouvait penser qu'elle avait au fond d'elle. Elle arriva devant la table où elle était assise quelques minutes auparavant, où toute sa vie venait de disparaître en un claquement de doigts, puis elle prit une profonde inspiration et dit d'un ton sec, fort et dégoûtant :

« Messieurs, Mesdames, excusez-moi de vous déranger dans ce magnifique restaurant, avec la beauté des lieux, mais vous voyez cet homme, M. Luc Stone ici présent ? Un bel enfoiré, soit dit en passant ! Cela fait maintenant six ans que nous sommes ensemble, et ici… » dit-elle en montrant du doigt Rebecca.

« Voici la femme avec qui il me trompe depuis cinq ans ! Cette femme là-bas semble d'une bimbo, ne vous inquiétez pas, elle n'a pas que les airs ! Bref, je ne juge pas ! Bon, voilà, ce soir, je viens d'apprendre qu'elle est enceinte de sept mois et que Monsieur m'a fait croire que, pendant trois semaines, qu'il était en déplacement. Mais, en vérité, il était avec elle ! Je l'aimais d'un amour inconditionnel et sans faille ; quant à lui, il me trompait, me mentait, me prenait pour une moins que rien, une fille naïve ! En vérité, oui, j'étais naïve, une vraie idiote », soupira-t-elle.

« Et en plus, cet homme ingrat m'a fait venir ici, je pensais que c'était pour me demander en mariage… Dans un très beau et très réputé restaurant », dit-elle d'un rire forcé.

« Quand il m'avait demandé de venir ici, il m'a dit que ça serait la première fois qu'il venait. En vérité, non, car il se rendait avec mademoiselle tous les ans à leur anniversaire, et quand ils ont su pour le sexe du bébé. »

Elle regarda l'hôtesse et lui dit :

« Et peut-être plus ! N'est-ce pas, mademoiselle ? Enfin, je suppose, n'est-ce pas, Luc ? Quant à moi qui aurais tout donné pour lui, pas une seule fois en six ans, oui, vous avez bien entendu, je ne suis jamais venue ici ! M'a-t-il vraiment aimé ? Telle est la question à un million ! » dit-elle en se tournant vers lui rouge de colère.

« Oui, tu as raison, ma… » commence Luc avant d'être interrompu.

« Mais tu es un grand malade, toi ! En plus, il me dit de ne pas faire de scène en public ! Non, mais c'est se foutre du monde ! Donc excusez-moi encore mille fois, Mesdames et Messieurs, de gâcher votre soirée, mais voilà ma scène que je ne devais pas faire ! » Elle attrapa les verres de champagne que le serveur leur avait servis un peu plus tôt, porta un toast en brandissant les verres en l'air :

« Je vous souhaite tout le bonheur du monde, et, Rebecca, si j'étais toi, je me méfierais de ses soi-disant déplacements, il me tromperait avec toi, mais bon, passons… Tu ne dois pas comprendre, je finirai très simplement : très bon Noël à vous et à cet homme méprisable. »

Tout en goûtant du bout des lèvres son verre :

« Hum ! Pas mauvais en fin de compte, il vaut bien son prix, dommage qu'ils finissent ainsi », dit-elle en les lançant au visage de Luc qui était là devant elle paralysé de honte, dégoûté de la voir aussi méchante, aussi énervée, elle qui n'était jamais ainsi, elle qui était habituellement compréhensive et douce.

L'hôtesse d'accueil arriva, se plaça à ses côtés et lui dit en lui montrant la direction de la sortie :

« Mademoiselle ! Vous devez sortir ! S'il vous plaît, suivez-moi, ou sinon on devra appeler la police. »

« C'est parfait, de toute façon, j'ai fini mon scandale. »

Elle prenait la direction de la sortie pour la seconde fois, cependant le cœur léger cette fois-ci, suivie de près par l'hôtesse qui lui devançait le pas. Sur son passage, tous les clients l'applaudissaient, certains se mettaient même debout et la saluaient. Elle se tourna avec un sourire furtif en voyant la scène qui se passait. Rebecca essaya de nettoyer Luc avec des serviettes, mais il la repoussa, demanda la note au serveur et partit à vive allure, en la bousculant sur son passage, suivi de Rebecca qui l'appelait :

« Attends-moi, Luc, mon chéri, s'il te plaît ! Mon amour, excuse-moi, je ne voulais pas te faire perdre ta cliente », disait-elle en criant et en courant dans le hall.

Alors que Mendie franchissait à peine la porte du restaurant, elle eut le temps de voir Luc monter dans sa voiture. Peu après, Rebecca, qui marchait vite et qui faisait attention de ne pas glisser sur les trottoirs mouillés et dangereux à cause de la neige et du verglas qui s'y étaient déposés. Quant à Luc, de sa voiture, il cria à Rebecca :

« Bon, tu vas te dépêcher, je n'ai pas toute la vie. »

« C'est bon, je suis là. »

Elle monta dans la voiture, ils partirent en passant devant Mendie qui attendait son taxi sur le trottoir. Ses yeux commençaient à devenir humides, elle cherchait un mouchoir quand son téléphone sonna ; c'était Sophie, son agent. Elle décrocha et dit d'une voix calme et à peu près stable :

« Bonsoir, Sophie. As-tu de bonnes nouvelles pour moi ce soir ? »

« Bonsoir Mendie ! Non, je suis désolée, il ne te fera pas d'exposition pour cette année, pour eux, tu n'es pas encore prête. On essaiera en début d'année, si tu veux bien. Pour le moment, profite d'un peu de repos. Je te dis à l'année prochaine et passe un très bon Noël. »

« Oui, très bon Noël à toi aussi… » dit-elle en raccrochant, en fondant en larmes.

« Rien ne va plus dans ma vie, elle vient de me passer sous les yeux en un clin d'œil. »

3
Sentiments et réconfort

Elle se trouvait là devant le restaurant, seule sous la neige qui tombait à gros flocons ; les rues étaient quasiment vides. Elle ne s'était pas rendu compte que le portier lui proposait son bras pour l'aider à descendre les marches. Il lui demanda :

« Est-ce que ça va, madame ? »

« Oui, monsieur, juste une mauvaise soirée… mais merci de vous inquiéter. »

« Je vous en prie, si vous avez besoin, nous pouvons vous commander un taxi. »

« C'est déjà fait, monsieur, merci beaucoup. »

« Nous avons un porche à disposition pour les clients, un peu plus loin, où vous pourrez attendre à l'abri, ou bien vous pouvez rentrer au chaud dans le hall du restaurant. Je viendrai vous chercher dès que votre chauffeur sera là.

« Non, je vous remercie pour votre proposition, mais je doute que l'on souhaite me revoir si rapidement après l'esclandre que j'ai causé ce soir ; je vais donc me contenter du porche. »

« Ah, c'était vous ! Un de mes amis, je pense que c'est lui qui a fait le service à votre table, m'a dit ce qui s'était passé. Vous savez, nous pensons tous que vous avez bien fait. Les personnes ainsi, il faudrait les remettre à leur place, ils se pensent trop importants comparés à nous petites gens, avec leur argent qu'ils dépensent sans compter, ils nous traitent comme des chiens, des moins que rien… Je pense qu'il vous a souvent fait souffrir pour lui avoir lancé une bouteille à ce prix-là en plein visage », dit-il d'un ton stupéfait.

« Oui, c'est vrai… Merci, monsieur, de votre bienveillance et de votre sourire. Vous ne me jugez pas et je vous en remercie. »

Elle lui tendit un billet qu'elle avait pris dans son porte-monnaie.

« Je vais me mettre sous le porche pour attendre le taxi que l'hôtesse m'a commandé, et merci beaucoup pour votre gentillesse. »

« Je vous remercie, mademoiselle, pour vos compliments. Mais, vous savez, je suis déjà payé, je ne peux pas accepter. »

« Si, vous avez été bon avec moi et vous êtes très serviable, et c'est bientôt Noël, on doit être généreux, mon père m'a toujours dit cela et je l'applique à la lettre. Surtout, faites attention à vous. »

Elle se dirigea sous le porche, s'asseyant toute tremblante de froid et de honte, l'adrénaline commençait à retomber. Choquée, elle se mit à fondre en larmes. Jusqu'à maintenant, elle avait réussi à les retenir, elle ne voulait pleurer qu'une fois chez elle, mais elle put s'empêcher de tout lâcher. Son maquillage coulait sur ses joues ainsi que ses larmes.

Elle cherchait désespérément des mouchoirs, mais elle n'en trouva pas. Est-ce que c'est parce qu'elle n'arrivait pas à se concentrer qu'elle n'en trouva pas où elle n'en avait plus ? Elle trouva une serviette du restaurant, qu'elle avait dû récupérer en s'essuyant les mains après avoir lancé le verre de vin au visage de Luc, au fond de la poche de sa veste. Elle la prit et se tamponna le visage avec. Elle ne voulait pas trop forcer dessus, car elle avait déjà les yeux marqués et bouffis. Alors qu'elle pleurait seule dans son coin, elle n'avait pas fait attention au fait que son taxi était déjà là depuis un moment. Le chauffeur klaxonna, sortit du véhicule et se prépara à lever la voie.

Ce n'était autre que Pierre, le chauffeur qui l'avait emmené au début de sa soirée. Quand il la reconnut, en la voyant en pleurs, il attrapa la couverture qui se trouvait sur sa banquette avant. Il s'approcha de Mendie, et sans lui poser de questions, mit la couverture sur les épaules de la jeune femme. Il lui dit d'une voix calme et sereine :

« Tenez, mettez ça, Mendie, je vais vous aider à vous mettre au chaud. »

Elle leva la tête, ses yeux bouffis et rouges avec son maquillage emporté par ses larmes. Elle croisa le regard bienveillant de Pierre, elle lui dit d'une voix remplie de sanglots :

« Pierre, c'est vous, pourquoi ? Ne m'en voulez pas, je suis heureuse que ce soit vous, mais comment, pourquoi êtes-vous encore ici ? »

« J'étais encore dans les environs, j'ai eu une course à deux pâtés de maisons et vu que c'était sur mon trajet de retour. Je me suis dit autant le faire avec de la compagnie et peut-être même discuter un peu avec la cliente. Finalement, j'ai répondu à l'appel et j'espérais que ce serait vous. Mais, je ne voulais pas vous trouver ainsi. Je me sens mal pour vous, à vous voir ainsi ; je suppose que la soirée n'était pas comme vous l'avez imaginée. »

« Non, dit-elle, avec une voix de honte et de tristesse, c'était la désolation totale. » Elle se leva avec l'aide de Pierre, il l'installa sur la banquette arrière et lui donna une boîte de mouchoirs.

« Je vais te reconduire chez toi, mais avant, attends-moi quelques minutes, je reviens, d'accord ? »

« Pas de soucis, je n'ai nulle part où aller de toute manière… En plus, j'ai trop froid et ton taxi est plus confortable que ce banc gelé devant le restaurant. »

Elle essaya de se calmer, ses larmes coulaient moins, Pierre entra dans la voiture, avec deux cafés dans les mains, et lui dit :

« J'ignorais si tu le prenais, noir, au lait, avec sucre, donc j'ai pris ce qu'il fallait et ça va nous réchauffer. »

« Comment ça, Pierre ? Je… Oh, désolée, je te demande pardon, tu m'as acheté un café, c'est trop gentil de ta part. Oui, je le prends avec du lait et un sucre, mais attends, je vais m'en occuper, si tu veux bien. Moi au service et toi au volant. »

Il mit la voiture en route, pendant que Mendie lui raconta avec sa voix douce et triste sa soirée étape par étape. Elle pleurait un peu moins qu'au début. Un moment, ils éclatèrent de rire tous les deux, c'était le passage où elle lui avait lancé le champagne à la figure. La route était longue à l'origine, mais elle lui parut tellement courte. Elle s'excusa de déballer sa vie décevante avec un étranger.

« Je ne sais pas pourquoi tu t'excuses, ça me fait du bien de te parler. J'ai l'impression que, quand tu parles de tes problèmes à une personne que tu connais, elle est susceptible de dire à d'autres ce que tu lui as confié, si tu ne lui précises pas qu'il faut qu'elle le garde pour elle. Cela me fait moins peur de me confier à toi qu'à ma famille ou même à mes amis. »

« Tu sais, parler avec un étranger, c'est mieux que de parler avec une personne proche de soi. Enfin, c'est mon point de vue. La personne que tu ne connais pas n'a aucune importance. Si elle te juge, ça te touchera peu. Son avis ne compte pas énormément ou pas du tout. Je suis un peu comme un thérapeute en gros, donc je suis confié au secret professionnel du thérapeute taxi », dit-il en ayant un sourire.

« Ton thérapeute va te prodiguer un conseil : tu as l'obligation de passer à autre chose ! Tu as de la famille ainsi que des amis, je suppose ? »

« Oui, évidemment, comme tout le monde. Seulement, ils sont dans une bourgade à Bleu Vallée, c'est à plus de six heures de train d'ici. En voiture, ce n'est pas terrible, pratiquement une journée complète de voyage. »

« Alors, je peux te prodiguer un conseil ? »

« Lequel ? » dit-elle en le regardant dans les yeux par le rétroviseur intérieur de la voiture.

« Vas-y, pars ce soir ! Prends le train, tu ne le verras pas de toute façon. Si j'étais lui, je ne me représenterais pas à ta porte, enfin pour ceux qui ont du savoir-vivre. Mais, ainsi, avec tes amis, ta famille, tu penseras à autre chose, ça te changera les idées, et l'amour de la famille est plus fort que tout le reste. Surtout si on a le cœur en miettes et si on se sent seul. Alors, passe Noël avec eux, ça te redonnera le moral. Ça te permettra de recoller les morceaux de ton ravissant petit cœur en détresse, ils ne te jugeront pas. Ils seront heureux de te revoir, surtout depuis un si long moment d'absence. La famille nous pardonne tout quoi qu'il arrive. »

« Oui, c'est vrai, tu as raison, Pierre. Ça fait déjà six ans que je suis partie et que je ne les ai pas vus pour Noël. À part par webcam, Luc ne voulait jamais aller dans les bourgades où il n'aura pas son image à l'honneur. Je vais suivre ta suggestion, c'est un très bon conseil, surtout très avisé et qui me fera du bien à cent pour cent. Je vais préparer ma valise et appeler un taxi qui m'emmènera à la gare. »

« Tu sais, je peux attendre et t'emmener. Je coupe le compteur en attendant. Je vais faire une pause. J'ai ma couverture pour me réchauffer en attendant que tu sois prête, tu peux prendre ton temps, je ne bougerai pas d'ici. »

« C'est vrai ? C'est trop gentil de ta part, tu es un ange ! Au lieu de rester dehors dans le froid glacial, monte avec moi, je vais te faire un café, je t'en dois un, finalement. On ignore combien de temps on va attendre pour le train, car je dois regarder le prochain départ pour Bleu Vallée. Parce que pour l'aéroport, pas la peine d'essayer, avec la neige qui est au sol, tous les vols sont annulés. »

« C'est infiniment sympa ! C'est rare, une personne aussi attentionnée que toi. Merci beaucoup. »

Ils rentrèrent chez la jeune femme. Mendie prépara sa valise et commanda son ticket de train. Elle devait attendre une heure avant de partir. Ils burent deux cafés, se racontèrent leurs rêves, leurs doutes, leurs peines. Puis Pierre attrapa la valise à Mendie et la monta dans le coffre. Ils prirent la direction de la gare. Ils continuèrent à discuter, ils se connaissaient de mieux en mieux. Avant de se séparer, ils s'échangèrent leur numéro. Elle lui dit que s'il ne savait pas quoi faire, il pouvait l'appeler et venir à Bleu Vallée pour fêter Noël ou même en vacances, il serait le bienvenu, lui et sa famille. Au moment de partir, il l'a pris dans ses bras :

« Mendie, pour personne, pour aucun homme ne change et reste comme tu es. Ta force, c'est ton sourire, garde ta compassion. Lorsque tu rentres dans une pièce, tu nous illumines, notre tristesse, nos ténèbres disparaissent, je serai toujours là pour toi, et peut-être qu'un jour je viendrai vivre à Bleu Vallée. »

Quand elle monta enfin dans le train, elle ouvrit la lucarne, les larmes aux yeux, pour lui dire au revoir. Il lui dit :

« Je te souhaite un très bon Noël et n'aie aucun regret ni de remords pour lui. Ce n'était pas un homme pour toi, tu mérites un prince charmant, un vrai, et tu sais que ça ne court pas les rues. Donc ne le lâche pas, dès que tu le trouves, bippe-moi pour me le dire. Ne m'oublie pas ma douce amie de Noël. »

« Oui, tu as raison, tu as été le meilleur thérapeute que je connaisse et, en ce qui me concerne, tu es le premier que je consulte. Si je trouve mon prince charmant, je serai toujours en contact avec toi, tu es et tu seras toujours mon ami de Noël aussi », dit-elle en souriant.

« Au moins, je t'ai redonné ton sourire », dit-il en lui faisant de grands au revoir de la main.

« Je te souhaite un très bon Noël, Pierre, à toi et ta famille. »

Elle lui envoya un baiser de la main par la vitre du train. Elle le regarda s'éloigner, tandis qu'il restait sur le quai à lui faire aussi signe de la main. Elle s'assit sur une banquette et se noya dans ses pensées tout en regardant le paysage enneigé et disparaître progressivement avec la vitesse du train.

Ses yeux étaient remplis de larmes. Elle ne faisait pas attention au petit garçon qui se trouvait de l'autre côté de son siège, il lui faisait un coucou avec sa petite main et il lui souriait, avec un sourire timide. Elle lui répondait également avec des petits gestes subtils de la main, elle avait toujours des larmes qui lui coulaient sur la joue, elle les essuya. Son visage commençait à devenir plus heureux en voyant cette frimousse blonde aux grands yeux marron noisette. Il avait environ cinq ans. Il s'approcha d'elle et lui dit de sa petite voix tendre et délicate :

« Bonjour, dis, pourquoi tu pleures ? »

« Je… Excuse-moi, ce n'est rien d'important… Dis-moi, toi, comment t'appelles-tu ? »

« Je m'appelle Carl, comme mon grand-père. »

« C'est un très joli prénom, Carl, je suis Mendie, on se serre la main », dit-elle en s'essuyant les joues.

« Tu sais, moi, quand je pleure ou quand je suis triste, je prends Mr Ours, je lui fais des caresses. »

Il lui tendit chaleureusement son doudou, un ours en peluche, il lui manquait un des yeux. Mendie lui ouvrit les bras et le serra amicalement, et il continua à parler.

« Si jamais ça ne va pas mieux, maman me fait de très gros câlins et ça va mieux après », dit l'enfant encore enfoui dans les bras de Mendie.

« Ça va mieux, maintenant ? » dit-il en souriant.

« Mon cher petit Carl, je vais mieux grâce à toi. »

Ils rigolèrent tous les deux, sa maman les regardait en souriant en voyant son fils heureux. Il lui raconta ce qu'il voulait pour Noël, le métier de son papa, celui de sa maman… Pendant qu'elle parlait avec Carl, son trajet en train passait plus rapidement. Grâce à ce magnifique petit garçon, elle avait oublié son chagrin, sa colère, sa haine envers Luc. Carl lui raconta qu'ils allaient passer Noël chez ses grands-parents, accompagnés de son tonton, de sa tata et de leur papa, qui les rejoindrait très vite, car il était médecin urgentiste à l'hôpital de Grant Vallée, situé à plus de soixante kilomètres de Bleu Vallée.

L'heure du départ pour Mendie était arrivée et, avant de descendre du train, ils s'embrassèrent en se souhaitant un très bon Noël.

4
Retour à ses racines

À sa descente du train, avec sa valise, elle reconnut enfin l'endroit que son cœur ne pouvait oublier. Elle se promena dans les rues en tirant sa valise, elle se dirigea dans la rue où elle avait grandi, où se trouvait sa maison. Elle observa les rues qui commençaient à être décorées par les guirlandes électriques. Arrivée devant la maison de son enfance, elle attrapa les clés de secours qui n'avaient jamais bougé : elles étaient sur le rebord de la fenêtre sous la statue du singe. Elle entra, elle fit le tour de la maison. Elle était vide, pas un bruit, pas un son, à part le tictac de la pendule qui se trouvait dans le salon. Elle monta sa valise dans sa chambre, la fouilla pour trouver des affaires assez chaudes, car la température n'était pas la même qu'à New York. Elle prit une douche, pleura toutes les larmes de son corps. Elle pensait que rester sous la douche lui permettrait d'oublier la soirée d'hier, de lui faire oublier le cauchemar qu'elle venait de vivre la veille. Elle s'asseyait dans le canapé, commença à zapper, mais rien ne la captivait. Elle n'avait pas le moral, sa douche ne lui avait pas permis d'oublier cette souffrance, cette torture qu'elle avait au cœur : il était meurtri et, pour le réparer, ça sera très dur. Elle décida alors d'aller faire une surprise à son père. Elle sortit dans la rue, elle s'imprégna des images dans les rues et des enfants qui jouaient ; elle voyait leur bonheur et, pour elle, c'était inoubliable et ça lui permettait d'oublier un moment sa tristesse. Quand elle passa la porte du restaurant, il y avait déjà quelques clients du matin, elle reconnut quelques habitués.

Mike était là, assis au comptoir, c'était leur place à tous les deux quand ils étaient petits. Pendant un moment, elle eut un égarement dans ses souvenirs lointains. Elle les observa dans le battant de la porte, il discutait avec Fanny. C'était la meilleure amie de Mendie, elles avaient grandi ensemble. Fanny voulait reprendre le restaurant de Jack depuis qu'elle avait dix ans, et dans quelques années Jack partira à la retraite. Fanny est une fille modeste, toujours souriante, amusante. Elle est élancée, gracieuse, aux cheveux courts et noirs, aux yeux vert émeraude, à la petite bouche avec un sourire magnifique ; c'est ce qui faisait son charme, et surtout son nez fin. Elle avait une peau brune comme les filles du midi, en bref, elle était magnifique. Elle dévorait Mike du regard qui mangeait devant elle. Mike était le cousin de Mendie, il était âgé de vingt-sept ans, il n'était ni trop maigre, ni trop gros, sa beauté faisait des ravages, son visage était recouvert d'une barbe magnifiquement bien taillée, ça lui donnait un air plus sérieux, plus mature. Quant à ses cheveux, ils se trouvaient de la même couleur que sa barbe, châtain clair, coupés courts. Son regard intelligent en même temps timide, ses yeux d'un marron profond et intense le rendaient aussi beau qu'un dieu grec.

Au bout d'un moment, Fanny détourna son regard vers la porte et le posa sur Mendie qui était là debout devant l'entrée. Elle avait les yeux baissés de honte et de larmes.

Fanny quitta le bar en courant vers elle, l'enveloppant de ses bras délicats, et lui dit en criant de joie :

« Mendie ! Oh mon Dieu, ne reste pas là, ma chérie, sèche tes larmes, Jack ! Jack ! Mendie est rentrée ! Elle est là, Jack ! »

« Comment ça ? Ma Mendie est rentrée ? Que se passe-t-il, mon bébé ? Pourquoi ses larmes ? » dit-il en accourant de la cuisine et en la prenant dans ses bras, solide et réconfortant en même temps.

« Il y avait une autre fille depuis plus de deux ans… Il n'était pas en déplacement pour son travail, il était avec… Il me trompait, me mentait, depuis le début… » dit-elle en sanglotant dans les bras de son père. En entendant son récit, ils étaient tous trois abasourdis d'entendre ça, de la voir ainsi anéantie. Fanny lui tendit un mouchoir qu'elle récupéra aussitôt.

« Merci, ma Fanny… Toujours là pour moi… Et en plus, vous ne savez pas le meilleur, je vous garde le pire pour la fin », dit-elle en se redressant et en se mouchant.

« Non, quoi de pire que cela ? » répondit Mike sous le choc, toujours assis sur son tabouret.

« Le pire, c'est que la demoiselle est enceinte, qu'elle va accoucher dans environ trois mois. »

« Oh mon Dieu ! C'est vraiment un mec méprisable et je mesure mes mots. Tu lui as fait une scène, j'espère ? Oh ! Si tu savais à quel point je me retiens pour ne pas monter là-bas et lui donner la correction qu'il mérite ! » répliqua Jack en serrant les dents et les poings.

« Ce n'est qu'un scélérat, un goujat, une vermine ! Ne t'inquiète pas, si tu veux qu'on aille tous les trois là-bas et qu'on lui dise notre façon de penser, de traiter quelqu'un comme toi de la sorte… », dit Fanny en prenant Mendie par la main.

« Ne vous inquiétez pas ! Tu sais, papa, je lui ai fait une humiliation à la Jack et qu'il n'est pas près d'oublier, je pense que les clients qui étaient présents non plus, et en plus avec le Dom Pérignon qu'il s'est pris en pleine figure à cinq cent trente dollars la bouteille. Il est sorti du restaurant comme un chien avec la queue entre les pattes. Ça a été la compensation pour ce qu'il m'a fait subir. »

« Euh… Comment ça, le Dom Pérignon ? » demanda Fanny en regardant Mike.

Ils savaient tous trois que Mendie était une personne calme, posée, sérieuse, réfléchie, douce, gentille, ne s'énervait jamais, mais là, avec ce qu'elle venait de leur raconter, ça les surprenait bizarrement.

Alors Mendie se dirigea vers le tabouret au côté de Mike, s'y asseyait, et son père et Fanny se remirent derrière le bar.

« Il est possible que j'aie un café, papa, s'il te plaît ? Car, depuis la nuit dernière, je n'en ai pas bu. Ma dernière était avec Pierre, mon chauffeur de taxi. »

Jack resservit un café simultanément à tous.

« Je pense qu'on va en avoir tous besoin. Quand tu auras fini ton histoire, tu pourras nous parler de Pierre ? » demanda Fanny, très étonnée qu'un autre homme soit déjà dans sa vie.

« Ne t'inquiète pas, Fanny, Pierre est juste un ami, c'est lui qui m'a conseillé de revenir vers vous. De ne pas craindre votre réaction. »

« Oh ! Mais, je ne suis pas inquiète, simplement intriguée. »

« Bon, Fanny, chutttt ! Laisse parler Mendie, je veux tout savoir », dit Mike d'un ton à demi autoritaire.

Alors, sur ce, Mendie reprit son récit et leur dit tout.

« Quel bel enfoiré ! Il mériterait qu'il se retrouve seul et d'être malheureux », dit Fanny en serrant les mains de Mendie qui étaient sur le bar près de sa tasse de café.

« Et tu sais, quand tu auras ce fameux Pierre au téléphone, tu le remercieras de notre part, car il t'a donné le meilleur conseil du monde ! Eh oui, on te fera oublier ce bon à rien. De toute façon, je ne connais plus son nom, celui-là », dit-elle en lui faisant un clin d'œil.

« Attends deux petites minutes, Mendie, tu lui as jeté deux verres en pleine figure, c'est ça ? » dit d'une voix amusée son père.

« Euh, oui ! » dit-elle étonnée, comme si elle n'en était pas capable.

Ils se mirent tous à rire. À rire tellement que Mendie oublie son chagrin. Elle voyait au fond d'elle qu'ils allaient l'aider à panser ses blessures. Son père était tellement fier qu'il l'attrapa dans ses bras et lui dit en l'embrassant tendrement :

« Là, tu vois, tu as le tempérament de ta mère. Une fois, elle a fait ça à un mec qui était trop collant avec elle, et il n'a pas mis de temps à dégager. Je suis le père le plus heureux du monde. Tu me rends fière, je trouve ta mère en toi. »

« Merci papa, tu es le meilleur papa du monde. »

« Tu sais, tu n'as pas tout perdu. Tu es là pour les fêtes de fin d'année et tu vas pouvoir en profiter. En plus, cela fait trois ans que tu n'es pas rentrée pour cette période, donc je serai un peu égoïste, mais cette année, tu es mon cadeau de Noël et t'avoir pour moi et pas avec un autre, c'est encore mieux. »

« Merci mon papa ! Vous aussi, vous m'avez manqué ! C'est bien beau, les webcams, mais vous avoir en chair et en os, vous serez dans mes bras quand j'en ai envie, c'est beaucoup mieux. Vous voyez, en étant là avec vous, je vois ce que j'ai perdu pendant ces trois longues années, à cause d'un homme égoïste, égocentrique, avare, un mufle et sans cœur. »

« Et surtout n'oublie pas narcissique, car je trouve pour le peu de temps que je l'ai vu qu'il était bien comme cela, et maintenant je sais pourquoi il était tout ça en même temps », dit Fanny en faisant un clin d'œil à Mendie, ce qui fit rire tout le monde.

« Si tu veux, ma chérie, tu peux aller avec Mike au ranch et voir les changements qu'il a mis en place ? »

« Oui, effectivement, c'est une très bonne idée et éventuellement, si tu as envie, tu peux venir travailler avec moi ! » dit-il avec un air d'enfant qui venait de recevoir son cadeau de Noël en avance.

« Euh, Mike, laissa-la déjà se reposer, profiter de nous, de ses congés, de la ville, et n'oublie pas, elle est artiste, pas réceptionniste », dit Jack en aidant Mendie à remettre son manteau.

Alors qu'ils étaient sur le chemin pour aller au ranch, ils se remémorent le temps passé, leurs enfances, leurs joies, leurs peines. Mendie lui explique à quel point elle avait souffert à cause de Luc. Ce qui la rendait plus triste que tout, c'était que la galerie d'art ne la trouvait pas encore prête pour exposer ses peintures. Elle se remettait en question par rapport à son avenir professionnel. Mike ne disait rien, il écoutait avec attention et lui dit :

« Mendie, arrête de te dévaloriser, tu n'as eu qu'un seul refus, tu sais ? C'est comme quand tu cherches un travail avant d'en avoir un bon : tu en fais au moins une dizaine… Toi, ma douce cousine, tu es une grande artiste, tu as été choisie parmi plusieurs artistes pour faire des illustrations de livres d'enfants. Tu as fait des tonnes de concours où tu finissais première, au pire deuxième, mais jamais plus bas. Tous tes tableaux se vendaient comme des petits pains. Tu es là pour te ressourcer auprès de ta famille, de tes amis, de ton milieu à toi et non à un autre. Tu dois prendre ton temps et ne pas te forcer à créer, laisse parler ton cœur, tu peindras quand tu seras prête, OK ? Fais-moi confiance, tu sais que jamais je ne t'ai menti… Laisse le temps à ton cœur de cicatriser… Tu as deux trous béants à recoller, celui de Luc et celui de la galerie… »

« Tu as raison, Mike, je vais suivre ton conseil. Décidément, pas besoin que j'aille voir un authentique thérapeute entre toi et Pierre. Vous faites l'affaire pour me remettre sur les rails… Oh regarde ! On est déjà arrivé. Je n'ai pas remarqué le chemin pendant que nous parlions comme nous l'avons fait. »

« Au fait, j'ai oublié de te dire, j'ai eu une promotion il y a six mois environ et, finalement, j'espère que les petites modifications que j'ai apportées au ranch vont t'impressionner. »

« C'est génial, ça ! Et du coup, tu as quoi comme poste maintenant ? »

« Tu as devant toi le grand responsable du ranch, enfin après le boss, qui n'est autre que ton cher père et mon cher oncle, mais voilà, j'ai commencé comme commis il y a dix ans et là, me voilà patron en quelque sorte. Je n'ai plus à demander à mon supérieur si je peux faire ça ou ça, et désormais, je commande toute la brigade du ranch, donc j'adore. »

« Félicitations, je suis fière de toi, tu as persévéré, tu as réussi par toi-même. Si tu veux, on fête ça ce soir avec Fanny ? »

« Tu sais que je suis toujours partant pour une soirée entre potes, même en semaine. »

Ils entrèrent et Mendie fut conquise par la transformation des lieux, et elle dit à Mike :

« Waouh ! Tout a disparu, le mobilier vintage, la vaste bibliothèque, le jeu d'échecs qui trônait dans le milieu du hall, les horribles luminaires chinés, et surtout les tapisseries colorées, il y avait celles en rouge dans le hall, les jaunes or dans l'escalier principal, la verte, c'était la plus laide qui ornait tout le couloir sur lequel se trouvaient les chambres, n'oublions pas les sofas avec des motifs de grosses fleurs de toutes les couleurs de quoi faire fuir les clients potentiels et même le personnel, et les chambres, n'en parlons pas avec tous ces lits en bois en baldaquin et toutes avaient une tapisserie en moquette rouge avec de grosses fleurs grises, de quoi vous faire froid dans le bon dos, c'était mon point de vue personnel, mais là, c'est digne d'un authentique hôtel cinq étoiles d'un somptueux hôtel new-yorkais, je te le dis mon cher Mike, je veux séjourner ici, j'adore ! »

« Alors, tu as vu, j'ai réussi à ramener New York ici, à Bleu Vallée. »

« C'est clair et c'est merveilleux, fantastique, on se croit dans un conte de fées, j'adore, je suis conquise par ce lieu enchanteur. »

« Moi aussi, j'adore cette décoration. L'année dernière encore le ranch me faisait peur, je hurlais pour partir très vite d'ici, c'était monotone, vieux, mais alors très vieux, la décoration remontait au temps des dinosaures à mon avis », dit une petite voix.

Mendie baissa la tête et vit une petite fille avec de très grandes nattes, des cheveux roux, les yeux noisette et beaucoup de taches de rousseur.

« Bonjour, mademoiselle. Tu es toute jolie. Ainsi, toi aussi, tu préfères cette décoration ? Tu as bien raison, l'ancienne venait du temps des dinosaures », dit Mendie en rigolant de ce que la petite fille disait.

« Oui, c'est normal que je l'aime bien, je lui ai fait montrer à Mike comment décorer. »

« Ah, oui, c'est vrai ? Eh bien, tu as très bon goût », répondit Mendie en regardant Mike, qui encaissa de la tête.

« Merci, Madame. Je voudrais devenir décoratrice plus tard, mais d'après Mike, je dois travailler très dur. Cependant, il a dit qu'il allait m'aider. »

« Oh, appelle-moi Mendie ! Je suis la cousine de Mike, et toi mon cœur tu t'appelles comment ? »

« Je suis Alice, je suis la meilleure amie de Mike, enfin la plus petite. »

« C'est juste qu'Alice est la plus petite de mes amies », dit-il en la prenant dans ses bras et en lui faisant un câlin.

« C'est vrai, comment ça se fait ? » demanda Mendie, intriguée.

« En réalité, Alice est la fille de Karine, la femme de ménage, et elle est aussi ma filleule. On est comme les deux doigts de la main. N'est-ce pas ma toute belle ? »

« Oui, Mike et moi, on est inséparables, nous. Mais si tu veux, Mendie, on peut être amies aussi toutes les deux ? »

« Oh, ça sera avec plaisir, toutes les amies de Mike sont mes amies, d'accord ma puce. »

Elles firent le serment du petit doigt. Ce qui fit beaucoup rire Mendie et Mike, car cela faisait des années qu'ils ne l'avaient pas fait.

5
La rencontre

Mendie chercha Mike dans tout le ranch. Quand elle le trouva enfin, il était dans la cuisine avec Alice, ils faisaient tous les deux des cookies de Noël. Ils jouaient plus à se lancer de la farine aux visages que de faire de la cuisine. C'était devenu un vrai champ de bataille. Mendie, en les voyant ainsi recouverts de farine, éclata de rire et dit entre deux fous rires :

« J'ai envie d'aller me promener, tu crois que je peux y aller si cela ne te dérange pas ? »

« Non, tu peux, ça ne me dérange pas, vas-y. Tu verras la beauté des lieux qui n'ont pas changé, que ce soient les montagnes, la colline, les lacs, et si jamais j'ai besoin, j'aurai mon petit pirate avec moi », dit-il en montrant Alice.

« Je mets mon manteau, je prends des raquettes, je me fais un café et je prends la route de l'aventure. Tu pourras prévenir papa, je vous rejoins pour le dîner sans faute », dit-elle.

« Pas de soucis, profite de l'air frais, et amuse-toi bien. Je préviens Jack que tu nous rejoins au restaurant ce soir. »

Elle l'embrassa, ainsi que la petite Alice qui était encore dans ses bras, lui fit un au revoir de la main, souriante, et disparue, sous la neige qui tombait lentement pour atterrir sur le sol recouvert déjà d'un épais manteau blanc.

Aidée par ses raquettes, elle arriva au sommet de la première montagne. La vue était toujours aussi éblouissante. Quand elle se retourna, elle voyait derrière elle la ville ainsi que les vignobles, de l'autre un environnement plus rude où se trouve une forêt de sapins blancs à perte de vue, les autres montagnes plus loin, le lac dans ses habits hivernaux, cela donnait une magnifique image de carte postale.

Mendie redécouvrait des paysages superbes qu'elle avait oubliés, un sentiment de bout du monde, c'était de toute beauté. Elle se mit à crier pour voir si l'écho de son enfance était toujours là et, effectivement, son cri retentissait au loin. Alors qu'elle redescendait par la piste, tout en regardant au loin un magnifique tableau entre une biche et un faon, elle ne fit pas attention où elle posait les pieds et trébucha, se sentant tomber sans pouvoir rien faire. Elle ferma les yeux, mais, dans sa chute, elle sentit des bras puissants la rattraper. Elle s'accrocha au cou de l'homme qui venait de la secourir, elle ouvrit lentement les yeux, leva la tête et vit son regard foudroyant avec des yeux d'un superbe bleu océan à se noyer dedans, les cheveux coupés court, mais pas trop, et de couleur d'un charbon noir, un corps ferme et athlétique. Il la regarda avec des yeux doux qui la firent un peu perdre pied et lui dit :

« Salut ! »

« Euh, oui, salut ! » bafouilla-t-elle, tout en se redressant sur ses pieds.

« Ça va, vous n'avez pas trop mal ? »

« Non, ça va, vous m'avez rattrapée à temps avant que je me fasse mal et que j'atterrisse au sol, donc ça m'a évité au pire d'avoir une entorse et d'être bloquée ici avec aucun réseau pour appeler de l'aide : au mieux, j'aurais été un peu inondée. En fait, je m'appelle Mendie et mon sauveur ? »

« Bonjour, Mendie ! Où sont mes bonnes manières, je m'appelle Richard. Je peux vous lâcher totalement ou je vous garde encore un peu dans mes bras ? Euh… Je veux dire vous maintenir au cas où vous glisserez encore ? Vous savez, ça ne me dérange pas de vous garder dans mes bras encore un peu… » dit-il avec un petit sourire, d'une voix douce et chaleureuse.

« Non, non, c'est bon, vous pouvez me lâcher. J'ai été un peu maladroite, je ne regardais pas où j'allais, mais ça va maintenant, je vais redescendre au village. Merci beaucoup de m'être venue en aide ! »

« Moi aussi, je dois retourner au village. Je séjourne au ranch, dans le chalet des flocons, pour quelque temps. Un besoin de me ressourcer : mon travail est très prenant et j'ai besoin de prendre l'air. Je suis de la ville, la vitesse, la pollution me stressent beaucoup plus. Et ici, c'est un très bon endroit pour être auprès de la nature et vivre calmement. »

« Oui, c'est vrai ! C'est le meilleur endroit pour recharger les batteries et le chalet des flocons est le plus spacieux du ranch et un des plus beaux. »

« Vous connaissez ? » dit-il alors qu'ils marchaient tous deux vers le village.

« Oui, effectivement. Le ranch appartient à ma famille depuis plusieurs générations et j'ai séjourné dans ce chalet assez souvent avant de partir à New York après mes études. »

« C'est super, donc je suis avec un super guide ! »

« Oui, en effet ! Si vous voulez, je vais en ville ce soir manger avec mon père, mon cousin et mon amie de toujours. Si vous désirez, vous pouvez vous joindre à nous », dit-elle en riant.

« Ça serait avec grand plaisir, mais je, enfin, j'ai… »

« Vous avez une femme ? Il n'y a pas de soucis, vous pouvez venir avec elle. »

« Non, ce n'est pas ça. Je suis veuf depuis quelques années, mais j'ai deux enfants, un garçon qui s'appelle Ben, il a huit ans, et une fille qui répond au nom d'Emma, elle est âgée de sept ans. Ce sont des enfants géniaux, sages, polis et intelligents. »

« Vous savez, vous n'avez pas besoin de vendre leurs qualités. Il est possible de venir avec eux, on adore les enfants qu'ils soient anges ou démons. Dites-m'en plus sur vos enfants, sur les raisons de votre visite ici et pas ailleurs dans un autre village. »

Il lui raconta son parcours de vie, lui expliqua même ses blessures. Elle fit de même, enfin, elle passa le plus gros de ce qui s'était passé cette dernière semaine. Elle lui raconta qu'elle était une enfant du village, qu'elle voulait passer Noël en famille, ce qui ne lui était pas arrivé depuis de nombreuses années. Ils parlèrent de beaucoup de choses, du paysage hivernal qui était autour d'eux.

Une fois arrivé au chalet, Richard proposa aux enfants s'ils voulaient sortir ce soir et manger avec sa nouvelle amie Mendie et sa famille au restaurant de son père.

« Oh ouiiiii ! » dirent-ils tous les deux super enthousiastes en sautant dans tous les sens.

« Alors, allez vous préparer ! Soyez le plus beau ! »

« Oui, on y va, attends-nous, hein, tu ne pars pas sans nous, hein, papa, tu nous attends ? »

« Oui, mes amours, je vous attendrais toujours. »

Quand ils arrivèrent au restaurant, Mendie les attendait. En passant la porte, Richard présenta Ben et Emma à tout le monde, les enfants s'empressèrent d'aller les embrasser. La soirée était à la foi chaleureuse, détendue, douce et festive. Ils étaient tous aux anges, surtout Ben et Emma, car Jack leur préparait des pancakes en dessert, le rêve de tout enfant et de certains adultes rien qu'à voir Mike et Mendie. Ils se battaient pour avoir le plus de gâteau dans leur assiette, Jack disait en riant :

« On ne les changera jamais ces deux-là, toujours aussi enfantins, les années passent, mais eux ont toujours six ans quand il s'agit de mes pancakes. »

Tous s'esclaffent, ainsi que Mike et Mendie avec la bouche pleine.

Pendant le repas, ils parlèrent des traditions familiales. Emma dit d'un petit ton timide :

« Nous, depuis le départ de maman, nous ne fêtons plus Noël, comme avant. On ouvre les cadeaux le lendemain, nous allons au cinéma le soir du réveillon voir un film de Noël, on mange au restaurant et c'est tout. »

Alors Jack dit avec une voix pleine de joie :

« Venez avec nous ! Vous serez des nôtres ce soir, on va vous montrer nos traditions de Noël ainsi que celles de la ville avec un grand sapin sur lequel chaque villageois accroche les décorations faites par ses soins. Ça permet, le temps des fêtes, à ce que nous soyons tous plus proches que jamais, et pour commencer, après le repas, on va aller à l'illumination du grand sapin. Comme tous les ans, c'est moi qui suis chargé de l'allumage du sapin. Donc, si vous voulez venir avec nous, vous êtes les bienvenus.

« Oh, oui, papa ! Tu veux bien, s'il te plaît ? » disent les enfants avec leurs yeux attendrissants.

« D'accord, bon ! Habillez-vous chaudement les enfants et on part avec eux. »

Arrivés au centre-ville où se trouvait le sapin, toute la foule était déjà bien avancée ; il y avait des stands partout. Les lumières de la ville s'illuminent de mille feux. Les yeux des enfants étaient remplis d'étoiles. Ils ne savaient plus où donner de la tête tellement qu'il y avait beaucoup de choses à voir. Les magasins étaient décorés comme jamais. Arrivé au centre du village, Jack déposa un baiser sur la tête de Mendie. Il monta les marches de l'estrade qui se trouvait devant le sapin et la foule, se positionna face au micro et commença son discours de bienvenue :

« Mesdames, Messieurs, approchez-vous, que l'on fasse cette année une fête magnifique et inoubliable. Pour moi, elle le sera, car mon trésor adoré est rentré pour les fêtes de cette année et je suis aux anges, comme qui dirait. Nous allons partager nos traditions et nos joies avec tous nos visiteurs. Cette année, ils sont encore très nombreux et nous en sommes tous très fiers que notre petite ville soit aussi importante. Des visiteurs viennent des quatre coins du pays, ils ne veulent plus nous quitter, et on ne veut plus les faire partir, donc est-ce que tout le monde est prêt ? »

« Ouiiiiiiiiiiiii ! » répondirent quelques villageois.

« Attendez ! Je vais solliciter l'aide de deux enfants pour m'assister dans la pression du bouton. Souhaitez-vous, mes petits anges Ben et Emma, vous joindre à moi ? »

« Oh ! Oui, papa, s'il te plaît ? On peut y aller ? »

« Oui, bien sûr mes amours, amusez-vous bien », dit-il en les aidant à monter sur l'estrade.

« Alors, on va commencer le compte à rebours », reprit Jack, en mettant sa main en l'air.

« 5-4-3-2-1 illumination ! » cria tout le monde.

Le sapin, aidé de Ben et Emma, s'alluma. La splendeur était au rendez-vous, les cris et les applaudissements étaient présents ce soir-là. Après la fête du sapin, alors que tout le monde rentrait chez lui, Jack et Mendie se trouvaient enfin seuls depuis son retour. Ils se promenaient bras dessus bras dessous, ils étaient heureux d'être ensemble, d'être réunis pour Noël, car ils ne s'étaient pas revus à part pour l'anniversaire de Jack. Elle ne pouvait jamais venir puisque Luc faisait la tête quand elle voulait descendre pour Noël, et elle ne le disait jamais à Jack pour ne pas le froisser, le décevoir. Il ne voulait pas fêter Noël avec sa famille, comme il disait toujours qu'être dans un petit village pittoresque n'était pas idéal pour son image, même si sa famille voulait le connaître. Mais bon, ils savent pourquoi, maintenant, il ne voulait jamais venir, mais cela leur a beaucoup coûté.

6
Les larmes du cœur

Le lendemain, Mendie avait promis d'aider Mike pour l'atelier de Noël. Mendie accepta de faire l'atelier, car elle s'était rendu compte que les enfants étaient la meilleure thérapie pour elle. L'atelier de Noël, c'étaient des activités pour les enfants et même les adultes qui séjournaient au ranch. Ils pouvaient y faire beaucoup d'animations qui touchent à Noël, comme des peintures de Noël, des balades en traîneau, des bonhommes de neige, des batailles de boules de neige, des cookies, des maisons en pain d'épices, et bien d'autres. Elle récupéra la commande que Mike avait passée pour l'atelier de ce matin, elle était dans les réserves. En repassant par le hall pour se diriger vers la bibliothèque, qui avait été transformée à l'occasion des fêtes en salle de jeux pour les enfants, elle croisa Richard et les enfants qu'il conduisait à la salle afin qu'ils puissent faire des activités, permettant ainsi à Richard de travailler au calme sur son roman pendant quelques heures, car il se trouvait dans sa phase de « page blanche de l'écrivain ». Il était venu se ressourcer dans un endroit qu'il n'avait jamais oublié, puisque ce lieu était reposant quand il était enfant. Il venait passer toutes ses vacances de Noël avec sa famille ; c'était leur tradition, à ses parents et lui, de venir ici pour Noël, mais quand ils sont décédés, il n'y était jamais revenu. Cette année, il voulait montrer à ses enfants l'endroit qu'il trouvait magique et pour qu'ils puissent redécouvrir la joie de Noël. Ainsi, depuis la mort de sa femme, ils n'ont plus fêté Noël, et que ce jour était devenu triste et monotone pour eux.

« Bonjour Mendie ! Papa regarde, c'est Mendie ! »

« Oui, j'ai vu ça, Emma ! Bonjour Mendie, comment vas-tu ce matin ? »

« Bonjour Richard, oui, ça va. J'ai promis à Mike de l'aider à l'atelier pour la première semaine, car la jeune fille qui devait le faire a eu un empêchement familial. Alors les enfants, vous venez donc à l'atelier ce matin ? »

« Oui. Tu crois que nous allons faire quoi ? » répondit Ben.

Mendie donna avec beaucoup de joie l'emploi du temps de la première semaine, et elle dit :

« Pour aujourd'hui, c'est la présentation avec le groupe d'enfants. Nous allons faire à notre manière un projet artistique pour nous présenter. »

« C'est trop cool ! » dit Ben.

« On pourra faire de la peinture ? » demanda Emma.

« Ce que vous voulez, ça peut être de la pâte à modeler, des décorations en boules de Noël, de la peinture, du collage, tout ce qui vous passe par la tête. »

« C'est trop bien, je suis pressée de commencer, pas toi, Emma ? » demanda Ben en se tournant vers Emma.

« Oh, que oui, papa, on peut y aller maintenant ? »

« Oui, allez-y ! Je pense que vous pouvez y aller tous seuls à présent. »

Les enfants partirent comme des flèches. Avant de partir du hall, Mendie croisa son cousin qui se dirigea vers Richard.

« Bonjour M. Prest, comment allez-vous ce matin ? » dit Mike à Richard.

« Ça va, merci Mike. Oui, effectivement, je voulais savoir si vous avez un petit bureau ou autre pièce calme pour que je travaille un peu ? »

« Oui, bien sûr, je vais vous préparer ça de suite, je reviens vous chercher dès que c'est prêt. »

« Ça serait génial, merci à toi, Mike. »

Pendant que Mike s'éloignait pour chercher la commande de Richard, Mendie s'approcha de ce dernier en l'observant avec un regard questionneur. Elle lui adressa une voix empreinte de gêne.

« C'était quoi, ça ? Il a voulu dire quoi, Mike ? »

« Oh, je suis venu me ressourcer pour écrire un nouveau roman. Je suis un peu en manque d'inspiration, il y a un souci ? » dit-il en la voyant choquée.

« Vous êtes M. Richard Prest, l'auteur du moment, celui dont tout le monde parle ? »

« Vous avez raison, je croyais que tout le monde était informé, cela n'a jamais été un secret. » Hier soir, même votre père et Mike étaient dans la confidence. On en a précisément parlé pendant le repas. Je suis quelqu'un de modeste, je leur ai déjà dit hier de m'appeler simplement par mon prénom. Cependant, ils ne le désirent pas pour les autres clients ; je ne veux pas être sous les projecteurs, je souhaite simplement profiter de moments avec mes enfants. Je ne suis pas quelqu'un d'égocentrique, la célébrité ne compte pas pour moi. « Je pense même à rester un peu ici. »

Mendie, abasourdie de ne pas l'avoir reconnu, perdit un peu pied et ses mots, puis s'empressa d'opérer un demi-tour avec ses caisses à la main en disant :

« Je dois… Excusez-moi ! Les enfants m'attendent. J'ignorais, lui, c'était vous, écoutez. Je… Je dois y aller, passez une bonne journée, M. Prest. »

« Mendie, ne m'appelez pas ainsi, s'il vous plaît. »

« C'est le règlement du ranch. Pour le moment, je suis une employée du ranch, donc pour le moment je vous appellerai ainsi », dit-elle en s'éloignant avec les yeux humides.

Quelques heures plus tard, Mendie retourna dans la salle commune où se trouvent les machines à café et les boîtes à gâteaux. Elle se servit un café. Alors qu'elle reprenait la direction de la salle dans laquelle se trouvaient les enfants, elle se retourna brusquement et se heurta à Richard, elle renversa sa tasse sur lui.

« Oh, mon Dieu ! » Je suis navrée ! Je suis vraiment une calamité ambulante, je m'excuse ! Elle saisit une serviette sur le comptoir, commençant à éponger sa chemise, rouge de confusion.

« Il n'y a pas de souci, Mendie ! Écoute Mendie, regarde-moi bien, je ne suis pas blessé, simplement un peu trempé. Je vais monter dans ma chambre pour descendre ma chemise au pressing. Ne t'en fais pas, ce n'est pas si important, ne pleure pas, viens par ici », dit-il avec tendresse en prenant sa main.

Voyant Mendie, les yeux remplis de larmes, il la serra doucement dans ses bras. Mendie commença à pleurer en se blottissant contre lui. Richard la garda un instant près de lui, lui caressant tendrement la tête. Il ne s'exprimait pas, il attendait simplement qu'elle se tranquillise, car il savait dès le départ qu'elle n'était pas en colère contre lui. Il supposait qu'elle lui dévoilerait la cause de sa tristesse lorsqu'elle le souhaiterait.

Quand Mike arriva dans la pièce, il vit Mendie dans les bras de Richard en larmes, il accourut et dit d'un ton très inquiet :

« Mendie ! Hé Mendie ! C'est moi ! Que t'arrive-t-il ? Dis-moi, ma chérie ! Tu sais que je suis là ? Tu veux que j'appelle Fanny ? Elle va te remplacer si c'est encore trop tôt ! », dit-il en posant la main sur son épaule.

« Non, Mike… Ça va, ne t'inquiète pas… J'ai eu un moment d'égarement, je suis désolée, monsieur… Enfin, Richard… Je retourne voir les enfants. Excusez-moi et merci de m'avoir réconfortée. Je vous dis à tout à l'heure », dit-elle en s'éloignant tout en s'essuyant les yeux et les joues avec le mouchoir que Richard lui avait donné avant qu'elle ne se retire.

Mike se tourne vers Richard et dit :

« M. Prest, vous avez un problème, mon réceptionniste m'a dit que vous me cherchez ? »

« Oui, en effet. Tout d'abord, évitons les formules de politesse, appelle-moi Richard si cela ne t'incommode pas, car je pense que cela crée une certaine confusion chez Mendie et moi en même temps. Les amis ne se vouvoient pas. Tu peux m'accompagner, j'ai un sérieux problème. »

Ils se dirigèrent donc tous les deux un café à la main dans le bureau que Mike lui avait trouvé, et, alors qu'ils prenaient place, Richard dit :

« Entends-tu quelque chose, Mike ? »

« Euh non, Richard, je n'entends rien. Enfin, je crois ! J'ai fait attention que tu sois bien au calme pour qu'on ne te dérange pas », dit-il d'un ton un peu étonné.

« C'est gentil, Mike, mais c'est trop calme. La pièce est trop sombre, trop étouffante. Tu penses que tu pourrais me trouver un autre bureau ou une autre pièce où il y aurait un peu de vie ? Je me sens trop isolé. J'aime beaucoup travailler où je peux regarder par la fenêtre les passants, la nature, entendre les personnes parler, tu vois ce que je veux dire ? »

« Oui, excuse-moi, je croyais que tu préférais travailler dans la solitude. Tu n'es vraiment pas comme toutes ces grosses têtes, j'aime bien ça. Si tu veux bien prendre tes affaires, je sais où je vais t'installer. Tu ne seras pas loin de la bibliothèque et près des petits, tu les entendras rire, et en plus le parc est juste devant ta fenêtre, donc tu auras pas mal d'animations, ça pourrait te convenir, si tu veux ? » dit-il en souriant.

« Oui, ça, c'est super, et en plus pas besoin de faire des kilomètres pour un café ou un cookie de Noël. »

Aidé de Mike, Richard récupéra ses affaires et se dirigea vers le bureau à côté de la bibliothèque. Tout en marchant, ils faisaient un peu plus connaissance.

« Richard, tu voudras prendre un verre après mon service ce soir ? »

« Oui, pourquoi pas, on s'attend vers quelle heure ? »

« Disons dans le hall pour dix-neuf heures ? »

« Parfait, je t'y attendrai, à tout à l'heure, et encore merci. »

« Pas de quoi vous servir, M. Prest, est notre métier », dit-il en commençant à partir en riant et en le saluant de la main.

Richard s'installa dans son nouveau bureau ; il était éclairé, la lumière du soleil traversait par la fenêtre derrière lui. Il était en même temps calme et entendait quelques bruits qui venaient du couloir, des pièces voisines, des rires extérieurs. Maintenant, il était moins crispé, il pouvait commencer à entreprendre l'écriture.

Alors que tous les enfants jouaient dehors avec Mendie, ils riaient beaucoup, ils faisaient des bonhommes de neige pour certains, d'autres des batailles de boules de neige. La ville était ensevelie sous un grand manteau blanc avec les montagnes à perte de vue ; les forêts de sapins, elles aussi, étaient recouvertes de blanc, en entendant les enfants rire. Richard prit sa tasse de café, se leva et se mit à la fenêtre pour regarder le spectacle qu'il avait sous les yeux. Il était perdu par la splendeur de ce qu'il voyait : ce n'est pas à Chicago que l'on voit ça. Il était content d'avoir emmené ses enfants ici. Quand au bout d'un moment, il détourna le regard, éloigné de tout, assise sur un tabouret en bois, il vit Mendie au milieu de ce paysage non loin des enfants, avec à la main un cahier de croquis et un crayon. Elle dessinait les enfants qui jouaient. Il sourit, puis il sortit pour aller à sa rencontre :

« Comment vas-tu depuis tout à l'heure, Mendie ? »

« Ça va. Vous m'avez fait peur », dit-elle en se levant d'un bon, et en mettant son cahier sur sa poitrine.

« Je peux regarder ? » lui dit-il en lui tendant une tasse de café.

« Euh, je suis désolée, ce n'est pas terminé. C'est juste un dessin sans importance », dit-elle, un peu embarrassée.

« Ce n'est pas grave, je vous regardais par la fenêtre, je vous voyais très inspirée. Promis, je ne suis pas critique d'art. »

Elle lui tendit timidement, prit à la place la tasse de café. En remerciement, il lui sourit, et quand il posa ses yeux sur le dessin, son visage changea, moins crispé, plus émerveillé.

« C'est magnifique, c'est très ressemblant, on peut dire quel enfant est dessiné. »

« Ne soyez pas aussi gentil, je suis artiste peintre et je sais que ce dessin n'est pas terrible. Je suis là, moi aussi, pour me ressourcer, j'ai un peu la toile blanche, vous voyez de quoi je parle ? » dit-elle en récupérant son cahier de croquis.

« Je comprends, je suis pareil avec mes manuscrits, je n'aime pas qu'on regarde mon travail si ce n'est pas achevé, ça peut me perturber… »

« Oui. Je dois y retourner, les enfants m'attendent, à plus tard », dit-elle en se sentant gênée, elle se mit à courir pour retrouver les enfants.

« Cet après-midi les enfants, notre activité sera de peindre des bonhommes de neige ou un sapin de Noël. Vos dessins doivent être avec de la couleur et de la joie. Une fois qu'elles seront finies, nous demanderons à Mike de les exposer dans le hall. Est-ce que cela vous plairait ? » dit Mendie aux enfants.

« Oh, oui, c'est trop bien, mademoiselle ! Comme ça tout le monde les verra, n'est-ce pas ? » dit un des enfants.

« Oui, tout le monde pourra les voir et nous verrons les futurs peintres qui dorment en vous. »

7
Confidences

Alors que la journée d'atelier se termine, que tous les enfants partent, Mendie reçoit un appel de son père. Tout en nettoyant la salle, elle décroche :

« Allô, papa, comment vas-tu, aujourd'hui ? »

« Bonjour ma chérie, c'était calme au restaurant. Tu veux dîner avec moi ce soir, Mike m'a réservé une table pour lui et Richard ? Il m'a demandé si je voulais me joindre à eux, et je me demande si tu souhaites venir avec nous ; sinon, nous pourrions dîner tous les deux ensemble comme avant, en tête-à-tête, comme lorsque tu étais petite. »

« Bien sûr, papa, mais tu veux me parler en particulier, car on dîne toujours ensemble depuis mon retour et là, tu me demandes si je veux manger avec toi ou avec Mike. »

« Tu m'as percé à jour, mon ange, comment as-tu deviné ? Je voulais savoir ce qui t'était arrivé, ils m'ont simplement dit que tu avais craqué et que tu avais pleuré dans les bras de Richard. »

« Ça va, ne te tourmente pas papa, j'ai eu un moment d'égarement, j'ai cédé, la pression était trop lourde, il a fallu que je craque devant Richard, mais ça va mieux. Je ne veux pas être la personne qui inquiète tout le monde, je tiens beaucoup à vous et je ne veux pas que vous enduriez mes angoisses. »

« Je sais, je ne veux pas que tu nous mettes de côté. Si tu es triste, angoissé, nostalgique, tu dois nous le dire, on est là pour toi, ne l'oublie pas, jamais. Tu me le promets ? »

« Merci, papa. Eh oui ! Je te le promets, tu es le meilleur des pères que le monde puisse avoir. Tu peux leur dire que je me joins à vous, une soirée tous ensemble me fera plaisir. Je te dis à tout à l'heure », dit-elle en raccrochant.

Elle finit de nettoyer sa classe et alla se doucher. Elle enfila une robe rouge avec de magnifiques bottes noires, une cape blanche avec un bonnet blanc, elle se fit une queue de cheval haute et partit avec le sourire pour le restaurant.

Arrivée au restaurant, il n'y avait encore personne, ainsi, elle s'installa à sa place au bar. Elle sortit de son sac son cahier de croquis et elle peaufina les dernières retouches de son dessin de ce matin avec les images des souvenirs qui lui restaient. Mike arriva, l'embrassa et regarda le dessin.

« Waouh, Mendie, c'est une merveille. »

« Tu trouves vraiment ? »

« Oh que oui, les détails, la puissance qu'il dégage, c'est remarquable. »

« Je crois que les enfants me redonnent l'envie de peindre, de dessiner, ils sont mon encre pour rester à flot, pour me redonner la joie de me lever le matin. »

« Finalement, te demander d'animer l'atelier t'a redonné goût à la peinture, je suis en quelque sorte ton sauveur », dit-il d'un air enjoué.

« Mike ne me dit pas la phrase, je te l'avais dit. »

« Ben, si je te l'avais dit… Et là, tu te rends compte que t'occuper toute la journée te donne une raison de te lever le matin, de retrouver le sourire. »

« Et c'est pour ça que la famille et les amis sont là pour ceux qui en ont besoin, et surtout pendant les fêtes. Pour le moment, tu as besoin de nous, mais un jour, ça pourrait être un de nous, tu ne penses pas ? »

« Si, tu as parfaitement raison, et je serai heureuse de te rendre l'appareil si un jour tu as besoin de moi. Tu sais, je t'aime très fort, Mike », dit-elle en l'embrassant tendrement sur la joue.

« Dis donc les enfants, excusez-moi de vous déranger », dit en rigolant Jack en entrant dans le restaurant.

« Tu ne nous déranges pas, mon oncle, tu as besoin d'un coup de main », répondit Mike en se levant et débarrassant les bras de Jack, qui était enseveli sous les sacs de courses.

« Je vais te faire mes lasagnes maison, celles qui te redonnaient le moral quand tu étais triste ou quand tu avais eu une mauvaise note à tes partiels. »

« Alors ça, c'est la meilleure idée de la journée. Tu voudras un coup de main pour les faire ? »

« Ah ça non ! Tu restes là, et tu te reposes, continues ton dessin : à voir comme il est là, je le trouve magnifique. »

« C'est très gentil, papa. Si jamais tu veux de l'aide, tu m'appelles, tu sais que je suis le meilleur commis que tu aies eu, et le dessin, je vais le finir et tu pourras le mettre au restaurant. »

« Avec plaisir, mon cœur. »

La soirée était établie sur la joie, les rires et le travail. Ils passèrent tous une très bonne soirée, l'ambiance était chaleureuse et douce. Mike rigolait avec Jack et Fanny, Mendie et Richard étaient un peu éloignés du groupe, ils discutaient de ce qui s'était passé le matin même. Richard lui dit avec une voix chaleureuse et douce :

« Je ne t'en veux pas, Mendie, je suis triste de te voir aussi malheureuse. Je sais que ce n'est pas contre moi, je te demande simplement d'être honnête avec moi et d'essayer de me dire ce que tu as, tes doutes, tes peurs, tes tristesses, tes colères. Tu sais, je suis là, je suis ton ami et je tiens à toi comme je tiens à eux », dit-il en regardant Jack, Fanny et Mike.

« Je sais, Richard, que tu es mon ami, mais je ne me sens pas encore prête pour cela. Il est encore trop tôt pour moi pour tout déballer à une personne que je connais à peine, je ne veux pas gâcher le début de notre amitié. »

Richard se leva, lui tendit la main, la prit dans ses bras, la serra et elle pleura. Il lui dit tout en lui caressant tendrement le dos :

« Je sais, je te comprends, ne t'inquiète pas, les amis ne forcent pas un autre à dire ce qu'il n'est pas prêt à révéler, et ça, je ne le ferai jamais. Quand tu seras prête, tu sais que je suis là, d'accord ! » lui dit-il en posant un doux baiser sur son front humide.

Alors que Jack regardait Mendie et Richard ensemble, il fit un signe à Mike et Fanny du regard et leur dit :

« Ils sont mignons tous les deux ? Vous ne trouvez pas ? »

« Non, Jack, ce ne sont que des amis et Mendie commence à se remettre doucement de sa rupture. Elle doit repenser son cœur, blessé. Moi aussi, je voudrais bien qu'elle passe à autre chose et ma foi avec Richard, je pense qu'elle sera mille fois mieux », répondit Mike en les regardant avec tendresse.

À la fin de la soirée, Fanny, Mike, Jack et Mendie nettoyèrent la salle et la cuisine. À la fin du travail, ils s'assirent tous au bar, prirent un café et discutèrent :

« Jack, tu sais que ça fait plaisir de te voir rire de nouveau. »

« Ben, je souris toujours, ma chère Fanny. »

« Non, je te connais, Jack, mais on n'entend tes rires que depuis le retour de Mendie ; tu n'es pas le même, tu as de vrais rires, et ton visage est plus détendu et joyeux. »

« Dis aussi que je ressemble à Grinch toujours à faire la tête », dit-il en riant.

« Je ne dirai pas ça, mais maintenant que tu le dis. » Ils se mettent tous à rire.

La soirée était bien avancée, il était tard, Jack ferma le restaurant et, avec Mendie, ils rentrèrent chez eux. Mendie avait un visage heureux et Jack était content de la voir ainsi.

Le lendemain matin, Fanny et Mendie se rejoignent pour le petit déjeuner. Quand Fanny regarda Mendie, elle lui dit :

« Qu'est-ce qui ne va pas, ma belle ? »

« Rien », dit-elle en secouant sa tête et en tournant sa cuillère dans sa tasse de café.

« Écoute-moi, je te connais, je te vois vivre une vie sans pep's comme avant, quand tu n'avais pas eu la bourse pour aller aux beaux-arts. »

« Depuis que je suis partie il y a six ans, je croyais que j'allais être reconnue comme peintre, avoir mes propres expos, mais rien, pour survivre, j'ai fait beaucoup de petits boulots, sans intérêt pour ma part, et maintenant, j'ai l'impression que tout est vide en moi. »

« Écoute, ne te mets pas la pression, plus tu le fais, plus tu te bloqueras dessus. »

« Je me remets en question en ce moment, je fixe mon horizon et tout me paraît vide, sans odeur, sans couleur, rien ne me vient, j'avais plein de rêves, mais là, j'ai l'impression que rien ne va. Je suis perdue niveau cœur, je crains que plus rien ne fonctionne à partir de maintenant. »

« Je comprends, mais quand ton inspiration reviendra, tout te paraîtra plus beau, plus simple, plus magique et tu seras prête de nouveau à reprendre tes rêves, même peut-être de nouveaux. »

« Tu as sûrement raison, Fanny, mais… »

« Je veux que tu sois tout ouïe, et ouvre-moi tes grandes oreilles maintenant, je crois en toi, nous croyons tous en toi, vraiment. Bon, à part ça, comment va ton cœur, ta vie amoureuse ? » dit-elle en lui prenant les mains.

« Je dirais aussi plate qu'un soufflé au fromage, et je ne suis pas encore prête à retrouver l'amour dans ma vie, j'ai de la place pour les amitiés. Et tu sais, l'amour, c'est beau et merveilleux au début, et après quelques jours, tout se métamorphose en quelque chose d'affreux, voire même d'odieux. »

« Comment ça ? Que veux-tu dire au juste ? »

« En gros, ne sors jamais avec un artiste, quel que soit l'artiste, ils sont tous arrogants, voire vaniteux. »

« À ce point-là ? Et Richard ? J'ai eu l'impression que le courant passait entre vous deux. »

« Si tu veux dire courant qui donne des étincelles, voire des éclairs entre nous, j'avoue que le courant passe plus que tout entre nous. Quand il me touche ou qu'il me prend dans ses bras, j'ai comme les jambes qui flageolent », dit-elle en la regardant tout en haussant les épaules, ce qui les fit éclater de rire, et elles changèrent très vite de sujet.

« Alors, sinon, à toi, comment ça se passe entre Mike et toi ? Vous en êtes où ? »

« Ben, on va dire que c'est plat, rien à l'horizon, que ça n'a jamais bougé depuis ton départ. Si ça continue, j'irai voir dans une autre direction. Il ne propose rien, à part dîner ensemble le soir au restaurant, mais il y a toujours ton père avec nous, donc on ne peut pas dire que c'est un rencard, tu vois ce que je veux dire ? »

« Oui. Je vois parfaitement. Tu devrais peut-être faire le premier pas, qui sait ? Il craint peut-être d'avoir une réponse négative de ta part ou qu'il est plus timide qu'on ne le pense. »

« Non, je ne crois pas. Tu vois, moi, je suis de la vieille école… Je n'aime pas faire le travail des hommes, je suis une femme finalement ! »

« Eh bien, c'est nouveau ça », dit-elle avec des yeux écarquillés.

« Je ne me souviens pas d'une Fanny vieux jeu. »

« Ben, maintenant, si… Depuis environ ton départ… » Elles se mirent à rire comme des folles.

8
L'hospitalisation

Alors que la journée s'était bien passée, les filles l'avaient passée ensemble, Mendie avait retrouvé sa joie, son sourire. Ça faisait un bon moment qu'elle était triste, pas que pour sa rupture, mais pour l'ensemble de ses déceptions, sa rupture avec Luc et surtout pour le refus de la galerie. Grâce à Fanny, Mendie eut une idée et voulut la partager avec elle.

« Dis, Fanny, je voudrais te poser une question. »

« Vas-y, tant que ce n'est pas sur Mike, je suis tout ouïe. »

« Non, pas du tout. Voilà, je voudrais savoir si, pour la semaine prochaine, je pourrai mettre en place des activités de Noël. Tout le monde pourrait y participer, les enfants, les parents, et en faire un concours : les vainqueurs de chaque activité pourraient, avec leur famille, faire un tour de calèche avec Mistigri. Mettre en place une chorale de Noël, les plus belles décorations de sapin faites main. »

« Ce sont de très bonnes idées, mais le compte à rebours de Noël est déjà bien entamé. Sinon, où et quand voudrais-tu faire tout ça ? »

« Alors, regarde, j'ai déjà fait des flyers », dit-elle en sortant des papiers de son sac. Elle en tendit un à Fanny.

« Oh mon Dieu, c'est splendide, tu as tout fait toi-même ? »

« Oui, pourquoi ce n'est pas bien ? »

« Si j'adore, c'est génial. Mais ça a dû te demander beaucoup de temps et en plus ça donne mieux qu'un copier-coller de la technologie. »

« Donc, quand veux-tu te mettre à organiser tout cela ? Ma douce », dit Jack qui était depuis un moment dans le recoin de la porte.

« Tu exagères, papa, on ne t'a jamais appris qu'écouter est un vilain défaut. »

« Ah, si, je crois que c'est moi qui te l'ai appris, donc voilà, qu'en veux-tu faire, tout cela ? Surtout où ? Car il va falloir se dépêcher pour tout organiser », dit-il en l'embrassant.

« Alors, je pensais à la semaine prochaine, le week-end prochain exactement, samedi 17 et dimanche 18 décembre. Un week-end complet, c'est possible, on pourrait faire les ateliers cuisine ici si tu approuves ? L'atelier décorations au ranch dans la bibliothèque, je pense que Mike voudra bien. Pour la chorale, on pourrait demander au pasteur et à la chorale de l'église, ils seront ravis. »

« D'accord, c'est une très bonne idée, et tu as pensé vraiment à tout. Bon, pour t'aider, que doit-on faire ? Tu as combien de flyers de prêt et d'affiches pour les déposer chez tous les commerçants ? »

« Alors, pour te dire la vérité, j'ai fait trois cent quarante flyers en tout, cinquante-deux affiches pour déposer chez les commerçants et quelques panneaux d'affichage. Tu crois que ça va suffire ? »

Pendant qu'elle parlait avec tant d'ardeur, Fanny et Jack se regardèrent, ils étaient abasourdis par le nombre d'affiches et de flyers qu'elle avait dessinés de ses mains. Mendie était souriante, joyeuse comme jamais, et cela leur faisait plaisir de la voir ainsi.

« Euh… On va dire que c'est assez pour le moment. L'atelier que tu veux mettre sur place au dernier moment est déjà bien avancé, tu as très bien géré la conception, les annonces, et maintenant, il faut tout mettre en place, et tu sais que l'on sera tous là pour t'aider, on fera tout pour t'aider au mieux. Je te confie mon restaurant, et si jamais tu as besoin de moi, je serai ton commis cette fois-ci », dit-il en souriant et en la taquinant.

« C'est trop sympa mon papa, merci d'être toujours là pour moi », dit-elle en se blottissant dans ses bras.

« Pas de soucis, mon cœur. Tu es ce que j'ai de plus précieux et ton bonheur est le plus important pour ma part, et revoir de nouveau les étincelles dans tes yeux m'est plus cher que le reste. »

« Mendie, j'ai appelé Mike, pendant que tu parlais avec Jack, il est OK pour que la salle serve pour l'atelier décorations. J'ai aussi appelé le maire, il est tellement heureux que tu aies eu cette idée pour la chorale qu'il en a parlé au révérend et ils veulent bien participer. Ils vont commencer les répétitions dès demain. Cependant, tu dois passer les voir avant pour sélectionner les chants que tu veux qu'ils chantent. »

Le lendemain, Mendie alla voir M. le Maire pour parler de la chorale et de ses idées pour les ateliers, de son choix de chant de Noël. Toute la ville était maintenant au courant et beaucoup voulaient être bénévoles pour l'aider à mettre en place de nouvelles traditions de Noël. Pour eux, c'étaient des traditions qui venaient de la métropole de New York et ils voulaient tous l'aider à les mettre en place. Depuis son arrivée, Mendie dégageait la joie de vivre et elle se propageait à une grande vitesse fulgurante dans le cœur et l'esprit des habitants de Bleu-Vallée. Les listes pour les différents ateliers se complétaient. Tout a été bien accepté. Mendie donna des missions à chacun d'eux : Richard devait accrocher les boules et guirlandes dans la salle du restaurant ; quant à Ben et Emma, ils devaient mettre des nappes rouges sur toutes les tables et déposer les centres de table avec un pot de poinsettia. Le lendemain matin, les petits et elles finiront la peinture de la banderole qu'elle crayonnait depuis le début de la journée. M. le Maire l'accrochera à l'entrée de la ville quand elle sera finie. Quand elle avait montré la banderole pas encore peinte, mais simplement faite au crayon, une tempête de mains en écho lui rendit hommage avec des félicitations. Elle rougissait d'émotion devant tous ses amis, sa famille, ses voisins et toutes les personnes présentes pour l'aider, qui n'avaient jamais douté d'elle, et c'est à ce moment-là qu'elle sut qu'elle était à sa place parmi eux.

« Tu vois, Mendie, que tu es très douée », dit Richard en lui tendant un café.

« C'est très gentil, mais ils me connaissent, ils savent que j'adore dessiner. »

« Oui, mais vous leur avez fait un très beau cadeau en organisant de nouvelles traditions de Noël. Et cette banderole, je pense qu'elle restera à l'entrée de la ville pour des années à l'occasion de cette manifestation. »

« Il est adorable de me dire tout ça, de me faire de sublimes compliments, cependant tu as remarqué qu'il n'y a plus personne, on est plus que tous les deux », dit-elle en se dirigeant vers la table où se trouvent les étoiles à accrocher au plafond.

« Oh non ! Je n'avais pas remarqué, il doit être tard, je ne vais pas tarder, tu veux que je te raccompagne ? »

« Je vais finir d'accrocher mes étoiles et je vais rentrer après. C'est gentil à toi de vouloir me raccompagner, mais tu peux y aller, ne t'inquiète pas. »

Pendant qu'elle lui parlait, elle monta sur une chaise et elle sait comment elle eut un vertige qui fit basculer la chaise à terre. Richard eut tout juste le temps de la rattraper avant qu'elle atterrisse au sol, mais elle ne s'était pas réveillée. Il la prit dans ses bras, ouvrit la porte, la monta dans sa voiture et dit à un passant :

« Allez voir Jack ! Il est chez lui, dites-lui que Mendie s'est évanoui, que je l'emmène à l'hôpital, qu'il nous rejoigne là-bas, s'il vous plaît ! » dit-il d'un ton inquiet.

« Oui, pas de soucis, Richard. Prends soin d'elle, on va le prévenir tout de suite. »

« Cependant, est-il possible que vous demandiez à Fanny de rester encore un peu avec les petits ? Ils sont à la bibliothèque du ranch, expliquez-lui ce qui se passe. »

« Oui, ne t'inquiète pas, Mendie est la priorité, emmène-la, on s'occupe de tout. »

Il partit aussitôt, les passants coururent prévenir Jack ainsi que Fanny. Quand ils arrivèrent à l'hôpital, il sortit Mendie de la voiture, accourut dans les urgences et la posa encore inerte sur un brancard, il demanda de l'aide à un infirmier. L'infirmier attrapa le brancard et lui demanda d'attendre dans la salle d'attente, quelqu'un viendra le chercher.

« Merci ! » dit-il d'un ton angoissé, la peur se lisait sur son visage.

« Richard, où est mon bébé ? Où est-elle ? Que lui est-il arrivé ? »

« Je ne sais pas encore, j'attends ici depuis mon arrivée. Est-ce que vous voulez un café en attendant Jack ? J'en ai vraiment besoin d'un pour me calmer un peu. »

« Si tu veux, Richard ! » dit Jack préoccupé par ce qui est arrivé à Mendie.

Après plusieurs minutes, il revient avec les cafés, en donne un à Jack, ils s'asseyent et ils parlent beaucoup. En attendant les médecins pour des nouvelles de Mendie, Richard put s'empêcher de demander à Jack :

« À quoi est due la douleur du cœur à Mendie ? Pourquoi, quand elle se sentait seule, elle pleurait ? Elle était souvent triste, faisait paraître autre chose que de la joie, dites-moi, Jack ? S'il vous plaît, je tiens énormément à elle. Pourquoi elle est partie de New York pour une bourgade comme Bleu Vallée ? »

« Je sais, mon cher, je l'ai vu. Nous l'avons tous vu », dit-il en lui tapotant la main.

Jack lui raconta tout ce que Mendie avait eu comme blessures.

Après plusieurs heures d'attente, de discussion, un médecin, suivi d'un infirmier, les emmène dans la chambre de Mendie. Elle dormait encore, elle était reliée à un moniteur. Le médecin leur dit calmement :

« Votre fille a fait un malaise vagal, qui est une forme de syncope bénigne et ponctuelle ne présentant pas de gravité. Cependant, il est nécessaire de la traiter, car si aucun traitement n'est mis en place, cela pourrait devenir fatal. De plus, nous devons comprendre pourquoi elle traverse une phase de fatigue intense. »

« Elle prépare à bout de bras la fête de Noël du village, elle s'est donnée pour mission qu'elle doit la finir avant samedi matin. Donc c'est de là que vient la fameuse angoisse, sa fatigue qu'elle puisse avoir », dit Jack en tenant la main de sa fille encore endormie.

« Écoutez, monsieur, il faut qu'elle se repose. Nous allons la garder deux jours avec nous, on la laisse sortir jeudi soir, pas avant, ainsi elle aura déjà deux jours de repos, et je compte sur vous qu'après elle continue à se reposer. »

« D'accord, docteur, on veillera sur elle, ne vous inquiétez pas, c'est notre trésor, on ne veut pas la perdre », dit-il, alors que le médecin sort de la chambre.

« Non ! Papa, je ne peux pas me reposer, je dois finir ce que j'ai commencé », dit Mendie en se réveillant.

« Non ma puce, je ne veux pas te perdre, donc tu vas rester ici, et on va tous finir ce que nous avons tous commencé, tu superviseras, tu diras qui doit faire quoi et c'est tout », dit-il en pleurs.

Mendie regarda Richard qui était resté debout à ses côtés, avec un air très inquiet aussi, et elle lui dit :

« Merci beaucoup d'être restée avec moi et de m'avoir sauvée. »

« Il n'y a pas de quoi Mendie, ça sert à ça, les amis, c'est d'être présent pour ceux qu'on aime », répondit Richard avec des larmes aux yeux.

« Pourquoi tu pleures ? » demanda Mendie encore engourdie par les médicaments.

« J'ai eu trop peur et, finalement, on va dire que l'adrénaline vient de disparaître. »

« On va dire ça », dit Jack en lui faisant un clin d'œil.

« Dis, Richard, depuis qu'on se connaît, ça fait déjà deux fois que tu me sauves, tu es devenu mon sauveur attitré, si cela ne te dérange pas que je te nomme sauveur à titre posthume. »

« C'est vrai, Mendie, et je veux bien être ton bras droit quand tu auras besoin de moi. Les deux fois, tu n'es jamais tombée à terre. »

« Je suis fatiguée, ça doit être les médicaments que l'on m'injecte, je vais fermer les yeux un petit moment. »

Elle s'endormit. Cela faisait quelques heures que Mendie était à l'hôpital, et Richard demanda :

« Jack, si tu approuves, on peut se reléguer : tu restes avec elle cette nuit, moi, je vais en ville aider à la continuité de l'organisation et je passe la soirée et la nuit prochaine avec elle, et si tout va bien, elle sera remise en forme et, le jour J, elle sera sereine et reposée. »

« C'est une bonne idée, je te dis à demain alors. Cependant, tu pourras demander à Fanny qu'elle vienne me remplacer demain matin, car je dois faire les bûches de Noël pour le repas qu'elle avait aussi organisé et je dois préparer les dindes de Noël, les marrons, les fagots de haricots, et aussi les punchs. Quant aux amuse-bouches, c'est Amanda qui les fait. »

« D'accord, je lui fais le message, ne t'inquiète pas. Bonne nuit, Jack ! »

9
La balade en traîneau

Le jour décisif était prévu pour le lendemain. Enfin, Mendie était de retour depuis trois jours. Elle n'avait pas encore visité le site de la célébration, parce que personne ne souhaitait qu'elle se fatigue. Tous les villageois lui rendaient visite, certains lui apportaient des sucreries, d'autres partageaient un café ou même une tasse de thé avec elle, tandis que quelques-uns regardaient un film de Noël à ses côtés. Personne ne souhaitait qu'elle se sente isolée, car Mendie, qui était une citadine, a perdu sa mère. Bien qu'elle n'eût que quatre ans à l'époque, toute la ville s'est mobilisée pour aider Jack à son éducation, elle est ainsi devenue la fille de tous, bien qu'elle n'ait qu'un seul père. Cependant, Bleu Vallée représente sa famille.

Et elle le ressent de plus en plus depuis son malaise. Quand elle alla au restaurant avec son père, tous ceux qui la croisaient lui faisaient un coucou quand ils passaient devant elle. Richard, Ben et Emma étaient déjà arrivés au restaurant ainsi que Mike et Fanny. Un repas spécial Mendie a été préparé. Sur la carte des menus, un seul repas fut inscrit :

Entrée : noix Saint-Jacques au beurre d'escargot ;

Plat principal : gigot d'agneau aux marrons, fagot de haricots avec des frites à la patate douce ;

Dessert : assortiment de fromages et bûche de Noël maison.

La soirée s'est passée agréablement, Mendie avait l'air un peu fatiguée. Elle a sollicité l'autorisation de son père pour se reposer.

Richard proposa de l'accompagner et de rester avec elle jusqu'au retour de Jack, une offre qu'elle accepta. Il la saisit par le bras et l'escorta avec douceur jusqu'à la maison, lui prêta assistance pour monter dans sa chambre.

Le temps qu'elle se préparât pour se mettre au lit. Richard descendit et lui prépara à la manière de sa mère un chocolat de Noël avec de la chantilly et des petits morceaux de chocolat écrasé dessus. Quand il le lui donna, elle eut un moment de nostalgie, elle se rappela que son père lui en préparait encore avant qu'elle ne parte pour New York. Ils s'installèrent tous les deux allongés sur le lit et ils parlèrent un long moment. Elle se sentit en confiance et parla à cœur ouvert, elle lui raconta tout – pourquoi elle était triste. Elle avait pleuré deux fois dans ses bras. Elle explique sa crainte de retomber amoureuse de ce que Luc lui avait fait. Elle faisait plus confiance. Quand Jack rentra après le service, il monta et vit Mendie et Richard dormir dans les bras l'un de l'autre. Il prit un plaid et le posa doucement sur eux, il éteignit la lumière et ferma la porte.

Lorsque le matin se pointa, Mendie se dirigea vers la grande place où les festivités prenaient forme et chacun commença à s'affairer autour de ses stands. En outre, il y avait des kiosques proposant des vins chauds, des chocolats, des confiseries et des pâtisseries à la vente. Tout était réuni pour faire du week-end une véritable fête. Avec l'aide de Fanny, elles parcouraient la rue, observant les gens qui riaient partout autour d'elles. Elle lui a dit :

« J'adore cette ambiance pendant les fêtes, c'est tellement beau, c'est magique, tu sais que c'est ma meilleure période de l'année. »

Elles marchaient toutes les deux lentement pour ne pas fatiguer Mendie qui était déjà très affaiblie.

« Ça va être au tour de Richard de prendre soin de toi maintenant. Car tu dois donner le résultat du concours de gâteaux et je te dis que les juges ont eu beaucoup de mal à choisir. »

« Oui, c'est sûr ! J'ai regardé les concurrents et il y avait du lourd ! Ils ont dû avoir beaucoup de mal à choisir. »

Elles avaient traversé toute la ville. En franchissant les portes du restaurant, Fanny confie Mendie à Richard. Il lui prit le bras, lui donna un baiser sur la main et lui dit :

« Viens avec moi, je t'ai trouvé une place de choix, les enfants l'ont mise exprès pour toi. »

« Merci Richard ! S'il te plaît, je ne suis pas en sucre. Je vais bien, laissez-moi au moins vous aider à installer les tables. J'en ai marre d'être assise ou que l'on me mette de côté, s'il te plaît ! Fais-le si tu es mon ami ? » dit-elle en le regardant avec des yeux tendres auxquels il ne put résister.

« D'accord, ma chère Mendie. Vu que tu es vraiment convaincant, je veux bien que tu m'aides. Mais si ça ne va pas, tu me préviens ! Je vais installer les verres, tu viens m'aider ? »

« Oh, que oui ! Tu ne me le diras pas deux fois », dit-elle en le suivant.

Elle avait le sourire, elle aida tout le monde à décorer les tables, les fenêtres, elle faisait même des toasts avec Amanda qui était à la cuisine. Des chants de Noël passaient en boucle dans le restaurant, elle voyait tout le monde qui la scrutait du coin de l'œil de peur qu'elle ne s'effondre de fatigue. Elle était loin d'être épuisée, elle était trop excitée pour se sentir exténuée, mais ça ne l'empêchait pas d'être heureuse, cela faisait longtemps qu'elle ne s'était pas sentie ainsi libre, légère, pleine de vie. En réalité, la dernière fois qu'elle était ainsi pleine de joie, c'était avant qu'elle ne se mette en couple avec son ex. La soirée était géniale, beaucoup mangeaient à l'extérieur, d'autres au restaurant, elle aidait Fanny en salle à débarrasser les tables. Mike fit une annonce à la fin du service :

« Mesdames, Messieurs, puis-je avoir votre attention, s'il vous plaît ? Il va être temps pour vous comme pour nous de commencer les festivités. Je pense que quelques conquérants ont besoin de savoir qui a gagné les concours, donc nous nous donnons rendez-vous près du sapin, on vous dit à tout de suite, nous fermons le restaurant et nous commençons. »

Pendant qu'ils descendaient la rue principale pour retrouver l'estrade, les enfants faisaient des tours de poneys, ils s'amusaient tous comme des fous, il y avait de tout, le jeu de fléchettes, le tir à la corde, les jeux de grenouilles et bien d'autres. Mendie était toute fière, tout a été mis en place, même si elle n'avait pas tout mis sur pied, mais son père lui a dit :

« Tu sais, ce n'est pas parce que tu n'as pas tout préparé que tu n'as rien fait. On ne veut pas que tu te stresses plus, nous sommes tous fiers de toi et de ce que tu as mis en place. »

C'était enfin le moment pour annoncer le gagnant des pâtisseries. Aidée de Richard, elle prit le micro et annonça les grands gagnants des ateliers. La fête était tellement réussie que le maire est venu voir Mendie pour lui demander si elle voulait bien que la ville garde sa banderole, les décorations ainsi que toutes les idées qu'elle avait eues. Elle accepta en disant que c'était un petit bout des traditions new-yorkaises.

Une fois que le week-end fut terminé et que Mendie fut entourée de tous, elle s'installa debout devant et leur dit :

« Vous savez que je vous aime, que j'adore être chouchoutée, que rester seule de temps en temps me ferait un peu plaisir. Je me sens étouffée. C'est très gentil à tous de vous occuper de moi, mais je vous assure que tout va bien. Je veux être traitée comme avant son malaise. Et si un jour je n'allais pas bien, je viendrais vous en parler. Mais là, je me sens trop oppressée et je ne voulais rien dire avant pour ne pas vous vexer. Je vous promets qu'à la moindre fatigue, je me repose, c'est promis. »

Plus tard dans la soirée, Ben et Emma demandèrent à Mendie si elle voulait se promener en calèche avec eux. Emma avait gagné le concours de la meilleure décoration de table. Mendie accepta. Elle monta avec les petits dans le traîneau. Richard était déjà dans le traîneau, il lui tendit la main pour l'aider à monter pour qu'elle ne glisse pas, elle s'installa à ses côtés.

« Installe-toi bien, Mendie, tu as des couvertures dans le coffre si tu as besoin », dit Francis, le garçon de ferme du ranch.

« Merci, Francis, comment va Mistigri, pas trop fatiguée de sa journée ? »

« Oh ça non, elle en redemande… C'est bon pour vous ? Vous êtes toutes bien installées, on peut partir ? »

« Oui, on est prêts ! » répondirent les enfants en même temps. Ce qui fit rire Richard et Mendie.

Alors que les enfants étaient époustouflés par la vue du paysage dans la nuit sous la neige. Ils parlèrent, rigolaient, et, après un long moment, Mendie posa sa tête sur l'épaule de Richard et elle s'endormit. Emma fit des signes à son père pour lui dire qu'elle s'était endormie. Il se positionna de façon que son bras passe derrière sa tête, pour qu'elle n'ait pas froid, et remonta la couverture correctement. Il était heureux, il avait des papillons dans le ventre, il croyait que ces sensations avaient disparu quand sa femme était décédée. Il était également heureux de voir ses enfants réapprendre à aimer Noël, et tout ça, c'était grâce à Mendie. Francis tourna la tête pour annoncer qu'ils allaient bientôt arriver au ranch et il vit Mendie dormir sur l'épaule de Richard, il sourit et dit :

« Elle est encore très fatiguée, notre petite Mendie, je vais vous déposer et la ramener chez Jack, je vais le prévenir. »

« Non, je vais l'emmener avec vous, je n'ai pas encore envie de la réveiller, mais je n'aurai peut-être pas le choix. »

« Jack est là-bas, il nous attend, il va nous ouvrir la porte. »

Quand il aperçut le traîneau arriver, Jack aida les petits à descendre sans faire de bruit. Il les emmena dans le salon et leur dit d'être sages. Il alluma la télévision et mit la chaîne des dessins animés, et il est reparti aussitôt dehors pour aider Richard à ne pas chuter du traîneau, car il avait attrapé Mendie encore endormie dans les bras. Richard la monta dans sa chambre, lui enleva sa cape, ses bottes et la blottit dans sa couette, l'embrassa sur le front et lui souhaita une très bonne nuit, éteignit la lumière et redescendit. Quant à Jack, il avait préparé un café pour Francis, Richard et lui. Ils restèrent un peu avec lui, puis ils repartirent avec le traîneau qui les déposa devant le ranch. Richard coucha les enfants, partit se servir un café, sortit sous le porche. Regarda la neige à perte de vue, se rappela ce qu'il avait ressenti quand Mendie dormait sur lui. Le frisson qu'il avait ressenti quand il avait effleuré son visage pour retirer les cheveux qu'elle avait dessus. L'avoir dans ses bras pour l'emmener se coucher confortablement dans son lit était un moment parfait, il voulait rester près d'elle, ne pas la quitter. Son cœur battait tellement vite, sa respiration était serrée, il ne pensait pas qu'il allait pouvoir retomber amoureux encore une fois, mais oui, il était tombé amoureux de Mendie, et ça lui faisait peur, très peur, car il ne savait pas s'il allait être prêt pour une deuxième chance avec l'amour. Et si Mendie était prête à être aussi de nouveau amoureuse, puisque, même si elle ne se confiait pas à lui, il voyait dans ses yeux la déception de l'homme, la peur du rapprochement avec l'amour ? Il alla se coucher avec toutes ses pensées qui lui trottaient dans la tête.

10
La tempête de neige

Le lendemain, Mendie se sentait mieux, elle avait passé une très bonne nuit. Elle passa sa journée à aider au ranch, elle était souriante. Mike, à la fin de la journée, lui donna congé le lendemain pour qu'elle se repose, car elle a travaillé non-stop. Alors Mendie appela son père et lui demanda :

« Papa, comme Mike m'a donné ma journée, je voulais savoir si je pouvais faire une promenade avec Mistigri. »

« Bien sûr, ma chérie, veux-tu que je demande à Francis de préparer le traîneau ? »

« Non, papa, je voudrais prendre que Mistigri, faire balade à cheval, c'est tout, et est-ce que tu voudras bien venir avec moi, tu prendras Rock ? Ça lui fera une sortie à lui aussi. »

« Ça serait avec plaisir, mais demain, j'ai pas mal de travail et j'ai deux serveuses en vacances. Finalement, je ne pourrai pas être avec toi. Une prochaine fois, mon cœur… Demain, je te prépare un thermos et un petit encas pour le repas de midi. »

« C'est gentil mon papa, je t'aime, bonne nuit. »

« Bonne nuit ma puce, je rentre quand je peux, je viendrai te faire un câlin. »

Le matin de sa journée de congé, elle alla au restaurant. Son père y travaillait déjà en cuisine avec Fanny. Il attendait de nombreux clients. Jack attrapa un sac dans lequel il avait mis un thermos et une boîte avec des sandwiches, puis il récupéra la couverture qui était sur la table, la mit dans le sac, embrassa son père avant de partir :

« Je serai de retour pour dix-huit heures trente, avant le couvre-feu, c'est promis, je vous aiderai. »

« Si tu veux, mon cœur, pour le moment, va t'amuser. Profite de ta journée. »

Quand arriva la fin de la journée, Jack commença à s'inquiéter, et Fanny s'en était rendu compte. Le restaurant n'était pas trop bondé, il ne pouvait pas s'absenter, alors, entre deux plats, il l'appelle, mais en vain. Fanny le regarda et lui dit après une dizaine de minutes :

« Jack, que se passe-t-il depuis plus d'une heure ? On te parle, mais tu ne réponds pas. Que se passe-t-il, dis-nous ? »

« C'est Mendie, elle devait être là depuis plus de deux heures. Elle est partie en forêt avec Mistigri et elle ne répond pas au téléphone… Ce n'est pas dans ses habitudes. »

Il y avait une femme qui était toujours là au restaurant, surtout le soir, elle connaissait la famille depuis des années, elle avait aidé à élever Mendie quand Jack était débordé avec le restaurant. Elle mangeait là pratiquement tous les soirs pour ne pas se sentir seule, car, depuis le décès de son mari il y a deux ans, elle se trouvait souvent seule, sans personne, sans attache. Avec eux, elle avait un peu l'impression de faire à nouveau partie d'une famille.

Jack avait préparé des pancakes pour les enfants, ils étaient super heureux. Quant à lui, il commençait à être de plus en plus inquiet. Il appela la police pour les prévenir. Quand il raccrocha, le ton de son visage changea ; il était devenu blanc comme un linge et, d'une voix tremblante, répéta ce que le policier avait dit :

« Monsieur, il y a une tempête de neige qui arrive à grande vitesse ce soir et cette nuit. Nous venons d'en être informés : les chutes des températures seront entre cinq et six degrés. On va mettre une équipe de sauvetage en place dans une heure, rejoignez-nous à l'entrée du chemin pédestre, et si vous pouvez, venez avec le plus de monde possible. En attendant, nous préparons les tentes de secours et de commandement. »

« Comment ça ? Il y a une tempête qui arrive et Mendie est toute seule dehors ? En plein milieu de ce temps ? On ne sait pas où, si elle va bien ou si elle est blessée ? Je mets mon manteau, je viens avec vous ! » répondit Richard en se levant avec une force telle qu'il renversa sa chaise.

« On peut venir avec vous, papa ? » demandèrent les petits en voyant les adultes très inquiets.

« Non, vous restez ici tous les deux, c'est trop dangereux. Je vais vous laisser au ranch. »

« Je peux les garder si tu veux », répondit Fanny, tremblante de peur pour Mendie.

« Oh, oui, papa, s'il te plaît. On ne veut pas rester tout seuls, s'il te plaît », répondirent les enfants en sautant à côté de lui tout heureux de rester avec Fanny.

« Il ne faut pas que ça te dérange ! »

« Aucun souci, tant que je serai occupée, je n'aurai pas le temps de trop m'angoisser. C'est Mendie, ma meilleure amie, qui est là-bas perdue dans les bois, sous ce froid monstrueux. Si je reste ici à ne rien faire, je vais craquer, donc ça ne me dérange pas. Ils vont m'aider à passer cette nuit et, moi aussi, je les aiderai à ne pas craindre pour toi. »

Après avoir embrassé les enfants, Jack, Mike et Richard, emmitouflés très chaudement, attrapèrent chacun un sac à dos, une couverture de laine, un pull, une lampe torche et un thermos de café. Les enfants aidèrent leur père à préparer le sien. Quand ils arrivèrent au milieu de la ville, Francis arriva essoufflé et cria :

« Jack, Jack, je venais au restaurant, Mistigri est là ! Elle est revenue ! Mais toute seule… Mistigri a son mort de casser ! Je pense que Mendie a dû être désarçonnée.

« Oh mon Dieu », répondit Jack en ayant un vertige.

Mike eut juste le temps de le rattraper avant qu'il ne tombe.

« Merci Mike, on va rejoindre son parcours, mais avant, on va retrouver les policiers et les secouristes. Il a dû lui arriver quelque chose pour qu'elle ne soit pas encore revenue. Mon Dieu, j'espère qu'elle va bien, qu'elle n'a rien de mal. C'est ma faute, j'aurais dû aller avec elle… » dit Jack, paniqué.

« Non, Jack, ne fais pas ça. Ne te flagelle pas, sinon on est tous coupables, car on ne l'a pas protégée. On l'a tous laissée seule. »

« Écoute-moi, Jack ! Elle va bien, on va la retrouver saine et sauve ! Nous allons la retrouver, d'accord ? » dit Richard en le prenant par les épaules avec un ton à la fois autoritaire et rassurant.

« Oui, Richard. Merci de m'avoir redonné confiance ! »

Arrivés au début de la piste, les secours donnèrent à chacun d'eux deux couvertures de survie et un talkie-walkie pour prévenir au cas où un d'eux la retrouverait. Ils prirent tous une direction différente. Après plus de trois heures à arpenter les bois enneigés, ils reçurent tous le même ordre radio :

« Vous devez revenir au point de rassemblement ! Les chutes de neige avec un vent violent se rapprochent, nous recommencerons les recherches demain matin au lever du jour. »

Sur ce message, Richard eut l'appel téléphonique de Jack :

« Richard, on doit rentrer… Je ne peux pas continuer, le commandant et deux de ses hommes m'escortent. Ils ne comprennent pas que c'est ma fille qui est là-bas. Il dit qu'il est responsable de cinquante et une vies et que si la tempête frappe, il préfère perdre une vie que toute la vie de tout le monde. Je te dis à tout de suite, Richard, fais attention à ne pas te perdre, il y a beaucoup de blizzards ici », dit-il en pleurs.

« J'ai compris, Jack, ne te préoccupe pas. Je la retrouverai quoi qu'il m'en coûte, je ne reviendrai pas sans elle. Ne t'inquiète pas ! J'ai pas mal de matériel de survie dans mon sac. »

« Oui, je sais, fais de ton mieux, à tout de suite », dit-il en raccrochant et en fondant en larmes malgré tout.

Jack se demandait s'il n'avait pas condamné Richard à une mort certaine, pour qu'il continue à chercher sa fille. Que vont devenir ses deux petits s'il n'avait pas condamné Richard à une mort certaine, pour qu'il continue à chercher sa fille ? Et que vont devenir ses deux petits s'il vient à mourir également, en se posant toutes ces questions ? Il décida de le rappeler, mais les réseaux étaient trop mauvais, les portables ne marchaient plus ; il demanda au commandant son talkie :

« Pourquoi il vous faut mon talkie, monsieur ? » demanda le commandant, d'un ton très sec.

« J'ai l'ami de ma fille qui est encore là-bas, il ne veut pas rentrer, mais la tempête s'intensifie et je crains qu'il n'en revienne pas vivant. »

« Ce n'est pas vrai ! Il s'appelle comment, votre ami ? »

« Richard Prest, c'est son nom, commandant », répondit Jack avec un ton de peur et d'angoisse.

« Monsieur Prest, vous m'entendez ? Ici le commandant des secours. Vous devez revenir au point A pour la nuit : la tempête augmente de volume, le blizzard est devenu trop important et la neige sur les versants des montagnes risque de faire une avalanche. Je vous demande de rentrer maintenant », dit le commandant sur un ton sec et autoritaire.

« Je suis désolé, commandant. Je ne vois plus le chemin, je suis bloqué. J'ai ma tente de survie, des couvertures et une lampe torche. Je ne bouge pas d'où je suis. Dites à Jack de s'occuper de mes enfants jusqu'à ce que je rentre, terminé, commandant. » Et il coupa la radio.

Le commandant en colère partit voir son second dans la tente des opérations et dit :

« J'en ai plein le dos des civils, ils se mettent en danger et en plus, nous aussi on se met en danger à cause d'eux. La prochaine mission, aucun civil n'est compris ! »

« Pas de soucis mon commandant, on met une note dans les dossiers des personnes à secourir plus de civiles. »

La nuit du côté des sauveteurs fut intense, tous dans les toiles de tente attendaient avec une tasse de café. Certains dormaient sur des chaises, d'autres sacs de couchage au sol. Quant à Jack et Mike, ils se tenaient l'un contre l'autre, priant pour que Richard retrouve Mendie et qu'il ne leur arrive rien. Toute la ville était au restaurant, il n'y avait plus de lumière, et dans les petites villes comme ça, le point de rassemblement était au restaurant, car il n'y avait qu'un seul générateur. Les enfants faisaient avec certains adultes des dessins ou des jeux de société, les adultes jouaient aux mots croisés, à des jeux d'échecs ou même de dames, les anciens étaient tous ensemble pour faire du tricot ou de la broderie tout en racontant les petits commérages. Aujourd'hui et depuis quelques semaines, c'était après Mendie que les potins allaient bon train, les questions sur son retour : pourquoi est-elle revenue, où était passé Luc, est-ce qu'elle va se fiancer avec le beau Richard… Tous ont leur petit pronostic.

11
Saine et sauve

Pendant ce temps, à quelques lieues du restaurant, Richard se battait contre le vent, la neige et le froid. Il se disait

« Tiens bon, si Mendie est dans ce temps pourri, tu vas réussir et tu vas la retrouver. » Quand il crut que tout était fini au loin, il entendait des bruits sourds et répétitifs.

« Qu'est-ce que c'est que ça ? »

« Pan. Pan. Pan. »

Plus il s'avançait, guidé par le bruit, plus il commençait à comprendre que c'étaient des coups sur un arbre.

« Mendie ! Oh, Mendie ! continue, guide-moi ! » criait-il.

Y a-t-il une chance qu'elle l'entende ? Il se déplaça aussi vite qu'il pouvait, tomba plusieurs fois, se redressa avec beaucoup de mal, car le vent le poussait vers l'arrière.

« Mendie continue, je suis là, n'abandonne pas, je suis là. »

Il n'entendait plus rien, à part le vent qui soufflait dans ses oreilles, la neige se fixant sur son visage déjà gelé. Il continuait malgré tout à avancer péniblement, à bout de souffle, il s'appuya sur un arbre, posa son sac à terre, l'ouvrit pour attraper sa couverture pour la mettre sur le dos avant de repartir à sa recherche, et là au loin, il voit une masse sombre noire dans la neige. Il se mit à marcher aussi vite qu'il pouvait. Cependant, ses pas s'enfonçaient dans la neige au niveau des genoux ce qui ralentissait ses mouvements, quand il arriva enfin à sa hauteur, c'était bien elle, elle était à moitié ensevelie dans la neige, allonger sur le ventre, il se précipita s'agenouilla à ses côtés, la prit délicatement, la retourna, il retira la neige dans les cheveux, mit son visage contre le sien pour vérifier qu'elle respirait.

« Oh ! Merci mon Dieu ! Mille fois merci ! »

Il essaya de la réveiller, mais sans réponse.

Elle avait les mains toutes glacées, les lèvres bleues, son corps était envahi par la neige. Il retira le plus gros de la neige sur elle, la prit dans ses bras, se leva et, avec le reste de force qu'il lui restait, se mit debout et la porta jusqu'à son sac à dos.

« Tiens bon, Mendie ! Je te ramène au sac, je vais défaire la tente, j'ai deux couvertures de survie et une couverture en laine que Fanny m'a données avant de partir. »

Il atteignit le niveau du sac. Il l'assit par terre, appuyée contre l'un des arbres. Il l'enveloppa dans une des couvertures de survie qu'il avait prises.

« Attends, je prépare la tente et je te mets au chaud aussi vite que je peux. Ne t'inquiète pas, je suis là maintenant. »

Elle restait toujours immobile, toujours inerte, gelée. Une fois que tout est en place. Il l'emmena avec lui, lui ôta son blouson, ses bottes, son pantalon, le T-shirt qu'elle portait, car il était également trempé. En fouillant dans le sac, il a découvert un pull de Noël en laine. Il ignore comment il y est arrivé, mais il s'est efforcé de lui remettre sans lui faire de mal. Auparavant, il avait étendu la couverture en laine sur le sol avant de la placer par-dessus. Il ôta également ses habits, car il était tout aussi mouillé. Il se coucha à côté d'elle, déposa sur eux les couvertures de survie, l'enlaça et lui murmura en la baisant sur le front :

« Tout ira bien, la chaleur de nos corps nous réchauffera, nous allons nous en sortir. J'ai monté la tente : elle est installée entre les arbres, ce qui nous préservera de la tempête durant la nuit. Repose-toi, Mendie, tu n'as plus rien à craindre. »

Ce sur quoi, après plusieurs minutes où il entendait le vent s'engouffrer dans les branches des arbres, la fatigue l'avait gagné et il s'endormit. Il n'avait pas remarqué que le jour avait pointé son nez, la sonnerie de son téléphone le fit émerger. Dans ses bras se trouvait toujours Mendie, il l'attrapa sans trop la bouger, mais il s'arrêta. Il reposa le téléphone, tourna la tête et dit :

« Salut, comment vas-tu ? »

« Salut, tu as réussi à me trouver ? »

« Oui, avec une facilité de tous les diables, j'ai dû braver la tempête, le blizzard, le froid, te porter ; je pense que c'était ça le plus compliqué », dit-il en souriant.

« Arrête, tu n'es pas drôle. Euh ! J'ignore comment te le dire, mais qu'est-ce que cette laideur de pull sur moi ? »

« Ben, quand je t'ai déshabillé pour enlever tes vêtements qui étaient inondés, je ne sais pas, mais j'ai trouvé ça dans le fond de mon sac, je pense que c'est à Emma, enfin, je ne sais pas, je suppose. »

« Alors comme ça on est tous les deux à moitié nus dans une tente au milieu de nulle part avec au moins une dizaine de personnes à notre recherche ? Heureusement qu'ils ne sont pas là pour voir ça, ils seraient… »

« Je dirai plutôt environ la cinquantaine », crie une voix à l'extérieur de la tente qui n'était autre que celle de Jack.

« N'est-ce pas, commandant ? » répliqua Jack quand il entendit la voix de sa fille.

« Oui, cinquante-deux, on va dire ! Pendant que certains s'angoissent, d'autres prennent du beau temps. »

Alors que le commandant et Jack faisaient le point sur le sauvetage, les équipes étaient dispersées un peu partout. Mendie et Richard s'étaient déjà rhabillés. Ils sortirent de la tente :

« Pour votre gouverne, commandant, on n'a pas pris de bon temps avec Mendie, je l'ai retrouvée en hypothermie. J'ai dû lui retirer ces vêtements, mais pas en entier, je suis un gentleman, pas un pervers, et je l'ai simplement protégée du froid pour qu'elle ne meure pas, comme tout bon secouriste qui se respecte. Bon, si ça avait été un homme, ça aurait été moins plaisant, je n'en démords pas, mais je l'aurais fait également, soyons sûrs. »

« Et vous avez fait du très bon travail, M. Prest », dit un médecin urgentiste.

« Ses constantes vont bien ! On va lui donner un petit déjeuner et à vous aussi ! » dit-il après les avoir consultés.

« Jack, as-tu des nouvelles des petits ? » demanda Richard avec un ton d'angoisse imperceptible.

« Oui, ne panique pas. Ils n'ont pas voulu dormir au chalet, ils voulaient rester au restaurant, ainsi, Fanny leur a fait un château fort, et je l'ai eu il y a moins d'une heure, ils dorment encore », répondit Mike en les serrant fort tous les deux.

« Merci, Richard, d'avoir ramené notre Mendie. »

« Pas de soucis, je suis heureux de l'avoir retrouvée », dit-il en lui tenant la main.

Elle se tourna vers lui et l'embrassa tendrement sur la joue.

« Vous êtes vraiment mon héros attitré, M. Prest ! » dit-elle.

« Euh ! Merci, il n'y a pas de quoi », bafouilla-t-il, en rougissant. Ce qui fait rire tout le monde.

Le chemin du retour était plus dans la joie que l'inquiétude. Une fois arrivés au village, ils eurent tous droit à un repas gratuit offert par Jack, pour leur courage, leur temps et leur gentillesse. Même si cela paraissait étrange, Jack appréciait beaucoup le commandant.

Toute la nuit, ils apprirent à se connaître et cela leur permit de devenir de très bons amis.

Les rires résonnaient dans la salle du restaurant. L'ambiance est agréable, amicale, cette soirée s'annonçait merveilleuse.

Richard ne la quittait plus des yeux, il ne voulait plus la laisser une seconde seule. Il a eu très peur et cela n'était pas la première fois. Depuis qu'il la connaît, il ignore pourquoi, mais il doit veiller sur elle.

Au début, il était un peu jaloux de son succès auprès de la gent masculine. Cependant, il sut après que c'était sa personnalité de s'intéresser à tout le monde, car elle est d'une gentillesse sans pareil, elle a le cœur sur la main, prête à aider tout le monde. Sa bienveillance et sa bonté l'ont incité à la protéger. Tout en la scrutant du regard, la dévorant un peu comme si elle était un gâteau à la chantilly, il ne s'était pas aperçu que Fanny le regardait avec un air amusé. Elle s'approcha de lui :

« Dis-moi, mon cher Richard, je te vois depuis tout à l'heure, ne serais-tu pas un peu sous son charme ? » dit-elle avec un sourire dans la voix.

« Euh… Non… Enfin, oui… Mais je ne veux pas la brusquer, elle revient de loin, et sa déception avec son ex, et aussi son rejet des célébrités égocentriques. »

« Tu sais, elle ne t'inclut pas dans la catégorie des stars, et on a tous observé que vous deux êtes parfaitement assortis et c'est à vous de le réaliser. » « Je note que, désormais, tu prêtes enfin l'oreille à ton cœur. »

« Oui, à présent, elle doit comprendre que je suis quelqu'un de bien et que je serai toujours là pour tenir le rôle de son héros. »

« Eh bien, ce n'est pas évident de le lui faire remarquer, ça », dit-elle en s'écartant et en lui donnant une petite tape sur l'épaule.

Après quelques heures, lorsque le soleil a finalement choisi de se coucher, Richard a proposé à Mendie d'aller se promener et d'admirer les lumières dans les rues vides. Le coucher de soleil se mirait sur la blancheur des montagnes, tout était splendide avec des teintes d'orange. Richard éprouvait de l'anxiété, le cœur battant la chamade et les mains moites. Il s'exprimait beaucoup et sa voix résonnait à ses oreilles comme une douce mélodie. En discutant, il raccompagne Mendie chez elle. Dès leur arrivée, ils prennent un café accompagné d'une glace. Mendie alluma quelques bougies, s'installa devant la télévision et visionna un film de Noël.

À la fin du film, Richard se leva pour lui dire au revoir. Il se pencha pour l'embrasser sur le front. Ainsi, Mendie a levé les yeux au même instant et leurs lèvres se sont rencontrées, ils se sont embrassés, partageant un moment de bonheur et de joie mutuelle. Richard arborait un large sourire au fond de lui, car elle lui avait déclaré avoir beaucoup d'amour pour lui. Le baiser qu'elle lui a offert était en même temps doux et sucré sur ses lèvres.

Pendant un bref moment, il était incertain de la manière de réagir. Il l'enlaça et lui rendit son superbe baiser. Lorsqu'il détacha son regard du sien, il la contempla : elle affichait un large sourire et lui murmura :

« Dors bien, à demain, mon héros ! »

12
Le bal de Noël

« Ma chérie, c'est l'heure. Il faut y aller, on nous attend, c'est la veille de Noël et il est dix-neuf heures. C'est le repas de Noël et le bal de Noël nous attendent, s'il te plaît ma chérie, on est déjà très en retard, ils nous attendent tous. »

« Papa, j'arrive, tu sais qu'une fille doit au moins prendre plus de deux heures pour se rendre irrésistible », dit-elle en descendant les marches.

« Oui, mais… » Il a pu finir sa phrase, car la vue de sa fille habillée ainsi lui a mis les larmes aux yeux.

Ils se dirigèrent vers la salle de bal qui n'était autre que la salle des fêtes de la ville. Elle était décorée comme pour un vrai bal de Noël. Quand elle rentra dans la pièce, tout le monde fut subjugué par la beauté qu'elle dégageait. Richard prit un verre et se dirigea vers elle. Mendie était d'une élégance rare, en robe rouge avec de petites bretelles.

« Tu es magnifique, enfin, tu es très belle ce soir », dit-il en lui donnant son verre.

« Merci ! Tu n'es pas mal du tout. Tu es super beau et craquant. »

Ils parlèrent un bon moment quand une chanson de Noël tinta aux oreilles de Mendie. Elle se leva, s'excusa et, sur ce, elle alla se positionner devant Mike, lui tendit la main et lui dit :

« Comme avant, partenaire. »

« Comme avant ! J'accepte ton invitation. »

Il lui prit la main et ils dansèrent tout en parlant.

« Alors, tu en es où avec Richard ? Ton cœur rayonne comme jamais, tu es pétillante. »

« Ben, tu vois, comment te dire… Voilà, Richard, hier, il m'a embrassée. Enfin, non, rectification, je l'ai embrassé et il m'a prise tendrement dans ses bras et m'a rendu mon baiser. J'ai cru que j'allais fondre comme du chocolat au soleil », dit Mendie en souriant.

« Hum, intéressant ! C'est une très belle métaphore. Tu sais, j'adore te voir ainsi et je t'avais dit que, lorsque ton cœur serait guéri, tu passerais à autre chose. Tu passeras à autre chose, ton sourire et ta joie reviendront dans ta vie. »

« C'est vrai, tu me connais mieux que quiconque. Je t'aime mon cher Mike. »

« Moi aussi, et bien plus, ma cousine. »

Alors que la musique se terminait, Jack demanda à Mendie s'ils pouvaient danser ensemble. Elle accepta. Il lui demanda alors entre deux pas de danse :

« Que ressens-tu pour Richard, ma chérie ? »

« Tu vois, je fonds littéralement. Quand il me touche, quand il est à côté de moi, j'ai les jambes qui flageolent, il a un regard doux, puissant, passionné, c'est un garçon en or. Il adore ses enfants, il est le seul à prendre soin de moi comme personne, à part toi, Mike et Fanny. Il ne me lâche pas du regard, je le sens et j'adore ça. Tu vois que je ne suis pas comme d'habitude avec lui, je suis toute bizarre, pas comme avec Luc. Je n'avais pas la même alchimie. Avec Richard, je suis comme malade, mes mains sont toutes moites, mon cœur est tout serré, j'ai peine à respirer… Ooooh mon Dieu ! » s'esclaffa-t-elle.

« Oh ! Mon Dieu ! Papa, je crois que je suis amoureuse et, en plus, on s'est embrassés hier soir et c'était merveilleux. »

« Tu te sens capable donc d'aimer à nouveau, même si c'est une célébrité ? »

« Oui, il n'est pas comme Luc. Il est mille fois mieux. C'est lui mon prince charmant, je l'aime papa… »

« Je sais, mon trésor ! »

« Ne te moque pas de moi… Penses-tu que Richard est amoureux de moi et qu'on pourrait être ensemble tous les deux, enfin tous les quatre ? »

« Je ne sais pas… Il faudra que tu lui demandes », dit-il en lui faisant signe de la tête.

« Il arrive vers toi, c'est l'occasion. »

Richard traversa la piste de danse, s'approcha d'elle et prit quelque chose dans la poche intérieure de sa veste. Il arriva à sa hauteur, regarda Jack qui lui fit signe de la tête. Il s'arrêta, posa un genou à terre. La musique s'arrêta, tous se tournèrent vers eux, ils étaient au milieu de la piste tous les deux, seuls. Elle est dans sa robe rouge et lui dans un costume noir avec chemise blanche.

« Mendie, je te connais depuis moins de trois semaines. Dès que je t'ai tenue pour la première fois dans mes bras et que tu as ouvert les yeux sur moi, mon cœur a chaviré ; mais lorsque tu as pleuré, tu t'es laissé aller un peu comme une fontaine. C'est à ce moment que j'ai su que tu étais l'amour de ma vie. Je t'aime, Mendie. Depuis le jour de notre rencontre, j'ai l'impression de vivre un ravissant rêve. Tout autour de moi me semble plus beau, différent. La vie a une nouvelle saveur. Je peux dire que ma vie a enfin un sens depuis le décès de la mère de Ben et d'Emma. Je vois de la tendresse et de l'amour en toi et je t'aime plus chaque jour. Tu m'as montré le monde avec tes yeux, tes couleurs, tes peintures. Je ne peux plus rester loin de toi, mon rêve, c'est de passer le reste de ma vie à tes côtés : épouse-moi. »

Elle était tout émue, les mains sur la bouche, les larmes de joie lui coulaient sur les joues. Elle regarda autour d'elle, ils avaient tous le sourire, elle avait les étoiles plein les yeux. Richard, à genoux devant elle, lui ouvrit un joli coffret en écrin rouge, une magnifique bague à l'intérieur. Leurs regards se croisèrent et elle attrapa ses mains, s'agenouilla à son tour et lui dit avec des sanglots dans la voix :

« Oui, Richard, je veux être ta femme. La maman de Ben et Emma, enfin s'ils le veulent. Je suis folle de toi, moi aussi, et je rectifie, je n'ai pas pleuré comme une fontaine, enfin juste un peu… »

Il attrapa la bague, la lui mit au doigt et l'embrassa tendrement tout en lui disant :

« Je ne te lâcherai plus du tout. Je ne veux pas te perdre, tu es mon cœur, mon âme, mon oxygène, ma douce Mendie, je t'aime comme un fou. »

Tous applaudirent avec les yeux en larmes. La musique se remit à jouer, les danseurs avaient repris place autour d'eux. Fanny, Mike, Jack, Amanda, Ben, Emma, Mendie et Richard se prirent tous dans les bras et s'embrassèrent chacun à son tour tout en dansant ensemble sur la piste avec des rires et des larmes de joie.

Imprimé en Allemagne
Achevé d'imprimer en février 2024
Dépôt légal : février 2024

Pour

Le Lys Bleu Éditions
40, rue du Louvre
75001 Paris